小香咕新传

校园里的"不好意思"先生

秦文君 著

接力出版社
Publishing House

嗨！我是小香咕，好久不见啦！看到我的新发型了吗？我的衣服漂不漂亮？我遇上很多新鲜又好玩的事儿呢，想看看吗？

人物介绍

香咕：

　　喜欢自己的生活，回家时她常常一个人跟着太阳跑，跑到树林后面，太阳不见了，她发现还是要追，因为太阳不会站下。

　　她觉得人有梦想，就像鸟有翅膀一样，带给她梦想的地方就是小路沙沙。在那里，她会思考，还能听见小虫说话，她唯一的愿望是爸爸妈妈早日回到她的身边。

刁莉莉：

　　她是班里的"有脾气"干部，从一年级下学期起，大杨老师就确定由她来当中队长。她长得高挑，坐在最后一排，前面的座位都在她的视线之内，谁上课插嘴讲话她就会把那人的名字记下来，下课后带给大杨老师看。刁莉莉发火的时候，眼睛睁得大大的，很像发怒的猫。不过，当这位班长生气的时候，大家都由着她去了。

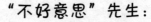

"不好意思"先生：

大杨老师失踪了，这时候来了一个大个子老师，乍一看那人长得很像车大鹏的"魔鬼老哥"车大伟。要不是那人夹着教案，拿着教鞭，没有人会把他当老师看待，肯定以为他是从高中部来的大哥哥呢。特别有趣的是，他特意策划了一个动物联欢会，让自己养的两只小鸟黄莺和喜鹊说相声，他来"翻译"，演出很精彩。

车大鹏：

他和邻班的一个叫"大力士"的男生交谈了好久，结果他的妈妈叫他以后不要和"大力士"在一起，因为那人爱打架。以前他是很听他妈妈的话的，可是现在他不听了，说："妈妈，你只叫我和成绩比自己好的人在一起，可是成绩比我好的大多数是女孩子。你让我找到了妈妈，丢了朋友。"他妈妈气坏了，把他推出房间，他倒好，干脆把卫生间占领了，不肯开门，在那里住了下来。

大杨老师：

　　她还很年轻呢，脾气一点也不厉害，长得也很美丽，是一个温柔的美女老师。从上学期起，她的身边老是随身带着一个精致的小袋子，湖绿色的，那里面是藏着宝贝的，谁考试得第一名了，她会送一支漂亮的圆珠笔，谁参加作文比赛得了奖，她也会送上一个可心的礼物。香咕收到过大杨老师送的大象形状的记事本，还有一只卡通的小杯子，都是很别致的，附近的文具店里看不见这样精美的东西，看来大杨老师知道很多有意思的店，还很会淘宝呢。

梅　花：

　　这个人是很谦和的，做什么都很精心。她的妈妈有时候脑子会犯糊涂，但是梅花说什么都不会提这一点的，她只顾懊恼着，眼睛都哭肿了，却还要维护她妈妈的面子呢。

目　录

一　飞来一张糖果选票　001

二　和怪兽打仗　015

三　有脾气的班长　027

四　见到金领爸爸　039

五　豪华的生日大餐　053

六　被考"焦"的模拟大队委员　065

七　香咕的心　083

八　梅花　095

九　一分钟友谊　103

十　可疑的手机　111

校园里的"不好意思"先生

新学期开学的第一天，香咕和同桌梅花一起去学校，刚刚到三月份呢，太阳就非常明丽，好像变成了初夏的太阳。香咕开心地想，天气就像小表妹香拉，可以这么变来变去的，一会儿冷一会儿热，别人也都只能由着它呢。不过，这倒也令人感到很舒服，她们跑起来能感觉到热烘烘的小风在耳边吹过，像亲爱的妈妈在说温暖的悄悄话：

"香咕乖，香咕乖，香咕乖……"

香咕跑着，忘却了心里含着的伤心梅，咯咯地笑个不停，念想着妈妈软软的话语，真是舒坦啊。离学校近了，香咕没有停步，继续跑，她想马上见到班主任大杨老师。

香咕很喜欢大杨老师，她还很年轻呢，脾气一点也不厉害，像棉花包，真柔软呀。她还有好听的嗓音，长得也很美丽，是一个温柔的美女老师。最特别的是，从上学期起，她的身边老是随身带着一个精致的小袋子，湖绿色的，那里面是藏着宝贝的。谁考试得第一名了，她会送一支漂亮的圆珠笔；谁参加作文比赛得了奖，她也会送上一个可心的礼物。香咕收到过大杨老师送的大象形状的记事本，还有一只卡通的小杯子，都是很别致的，附近的文具店里看不见这样精美的东西，看来大杨老师知道很多有意思的店，还很会淘宝呢。

"大杨老师失踪了！"男孩车大鹏叫道，"教室里、办公室里、操场上我都找过了，就是没有她呀！"

香咕不太相信，因为车大鹏做事情总是毛毛糙糙的。有一次去春游，到了集合的时候，香咕就站在他面前，他还要说："香咕怎么没来呢？她迷路了？会不会被坏人拐卖了呢？"

香咕跑出去找大杨老师，车大鹏也跟着找，都找遍了，果真没有看到大杨老师的踪影。难道她不教他们了？难道她病了？香咕不甘心，站在教学楼门口，眼巴巴地看着校门那里，指望着温柔的大杨老师只是迟到了一小会儿，能看到她急匆匆而来的脚步，说不定手里还拎着湖绿色的小袋子呢。

有好几个女孩也等不及了，说别的班级的老师全都来了，所以她们从教室里跑出来，踮着脚尖往校门口那边看，像在练习芭蕾舞。

刁莉莉是其中长得最高的女孩，她挺挺胸脯，故意挡在大家面前，说："小黄豆们，你们能看多远呀，我一个人来替你们瞭望着就行了呀。"

这时候，迎面来了一个大个子，皮肤很白，眼睛大大的，头发有点天然卷曲，香咕乍一看吓了一跳，那人长得很像车大鹏的"魔鬼老哥"车大伟。要不是那人夹着教案，拿着教鞭，没有人会把他当老师看待，肯定以为他是从高中部来的大哥哥呢。

车大鹏也盯着那个人看，眼睛都直了。那老师不仅脸

长成那样的，身材也跟车大鹏的魔鬼老哥车大伟一般高，还喜欢一边朝人微笑一边眨眼睛，真是活灵活现呀。等那老师走过去，车大鹏还是伸着脖子看着那人，看得眼睛都凸出来了，都有点目瞪口呆了，因为看背影那人更像他的魔鬼老哥车大伟了。

这时候，好几个认识车大鹏的魔鬼老哥的同学都发现了这一点，都说："咦，怎么一回事？"

香咕也感到疑惑，那人在前面走，她就跟着过去，想绕到前面再仔细瞧瞧，辨别一番。这时候，刁莉莉跟上来了，兴奋地叫："车伟大，车伟大！"

刁莉莉和车大鹏是同桌，可是她很嫌弃车大鹏的，就是喜欢车大伟，有什么办法呢，还很崇拜他，故意把车大伟的名字倒过来，叫他"车伟大"。

那个人也不回头，还是走，一直走进了香咕他们的教室。

香咕他们一路过去，走进教室仔细看，发现他好像不是车大伟，因为他的肩膀要宽一点，另外还有抬头纹的。车大鹏赶紧向刁莉莉借手机，给自己的魔鬼老哥打电话，对方一听是他，马上凶巴巴地说："你怎么又来烦我呀？"

车大鹏挂了电话，开心地说："不是冒充的。"

虽然这个老师真的不是车大伟，但是大家都想和他说话。

校园里的"不好意思"先生

"你是来代课的吧?"车大鹏的同桌林杰问。

"你们有很多问题吧?"那老师说,"不好意思,第一轮每人只能提一个问题,第二轮还可以问。"

香咕说:"请问大杨老师还会回来吗?"

"一定会的,但是不是现在。"

"老师,你想不想和外星人交朋友?"梅花问。

这个老师还红了脸呢,说:"不好意思,我小时候的确想过。"

车大鹏问:"老师,为什么一定要发明好的东西呢?"

这老师又红了脸,说:"不好意思,我还想问你呢,你想发明坏的东西吗?"

于是大家都叫他"不好意思"先生。

这个新来的男老师姓步,和走路有点关系,他好像比大杨老师还要仔细,还要啰唆。他上最轻松的班会课还要拖堂呢,他给大家看了一张选票,上面是可以填名字的,下面给大家留下画钩或者打叉的地方。

他说:"大队部要增选大队委员了,我们可以提前讨论酝酿一下。"

"我们选谁呢?"高庄问。

"不好意思,这是你们考虑的事情。"

大家都不做声了,有点搞不太懂呢,从一年级起,小香咕班里的小队长和中队长就是大杨老师直接提名,大家拍拍手就通过的，因为大杨老师选的人都很准的，也很有道理呀。而现在不一样了，"不好意思"先生说以后要让大家来投票选举。

他还说："这一次，大家可以自己投票选出干部，一定都很高兴吧？"

"为什么呢？"很多同学问，"为什么老师不决定呢？"

"因为你们长大了，要学会管理自己，选举那是大家的事情。""不好意思"先生说，"投票来选干部，会更公正更合适的。"

他还把这张选票传下去让大家看，看过的同学，可以在选票上面勾一下，表示知道怎么选了。传到香咕手里的时候，她很高兴，看见选票上面有钩，香咕想了想，就在上面画了一颗糖果。后面的同学看见糖果都觉得好，等到传回去的时候，选票上已经画满了五颜六色的糖果。

"大家觉得它很甜吗？""不好意思"先生笑着说。

可是"不好意思"先生真的和大杨老师很不一样呢。这一天，上午第四节是班会课。隔壁班的班会课上了一半就听见传来一片欢呼，有人在说："放学就可以玩了。"接着就没声音了，一定是变自习课了，大家提前做回家后的作业。

后来下课铃响了，隔壁的教室饭菜飘香，都开始大吃大喝了，"不好意思"先生还在对大家说："同学们，有

要提问的可以把右手举起来。"

"有体温?"车大鹏故意说,"我有三十六度呢。"

有人在笑,也有人在学,但是班里还有同学总是会想起什么,站起来提问的。比如像高庄,他有一肚子的"体温"呢,他不但要打听选举大队委员的事情,连"泪水为什么是咸的"也要问呢。林杰原本不想问什么,听到高庄问了,激起了兴趣,也举手说:"对呀,我尝过了,泪水很咸,像海水。"

接着又有人开始问些自己能不能被选上,为什么老要迟到,怎么写作文才能得高分什么的。还有几个男生举着手,想在课堂上亮一亮相,另外几个女生举起手是想试一试老师有没有注意到自己。

"不好意思"先生必须扯开嗓子回答大家的提问,因为走廊上的动静很大,场面乱糟糟的,到处都是跑来跑去的学生,好像还有个大个子,把端着的汤洒在小个子的肩上,小个子哇哇大叫。还有的淘气包很差劲的,路过香咕他们教室还要探身来看热闹,看到他们齐刷刷地坐着,就说:"咦,呀,木头人……"

香咕也想问一问关于糖果选票的事情,这时候,她看见小表妹香拉大摇大摆地闯进教室,一副旁若无人的样子,因为香拉常常生活在自己的世界里。她对香咕说:"给我餐巾纸,要多一点,我的饭打翻了。"

"先出去呀，"香咕说，"我一会儿去找你。"

　　"不能等呀，我饭盒里的荷包蛋落在林铁蛋的膝盖上，红肠片差点要掉在地上了，林铁蛋两条腿一夹，夹住了。"

　　全班都笑起来，香咕红了脸，很不好意思的，只好对香拉说："你在门口等一会儿，我们马上就下课了呀。"

　　可是"不好意思"先生好像忘记了时间，他特别鼓励学生提问，有问必答，而且问什么问题他都不厌倦，饶有兴致地记下来，很有耐心的。

　　过了一会儿，香拉看香咕他们还没下课，又不耐烦了。

　　"一会儿早就到了呀。"香拉很不满意地把门推开来，跺跺脚，叫道，"别人把饭都吃光了！"

　　"我们还没有下课，小妹妹，请耐心一点。""不好意思"先生说。

　　"我就是耐心一点，"香拉说，"没有很多很多耐心的呀，香咕，快出来，一，二，三，快出来！"

校园里的"不好意思"先生

　　大家听见香拉这么理解"耐心一点"都很开心。香咕坐着不动，不能动弹呀，她觉得很难堪的，脸都红了。

　　刁莉莉开始帮步老师说话，她已经把他当成自己的偶像了，因为"不好意思"先生长得太像"车伟大"呀。刁莉莉伸出手指，远远地一指，冲着香拉说："什么呀，小小黄豆，老师让你耐心一点你也听不懂呀？我问你，如果老师叫你作文写得真实一点，你说该怎么写？"

　　"就写假的事情，只能有一点点真的事情，不能多。"香拉说得振振有词。

　　大家都笑了，那"不好意思"先生还很耐心，和香拉解释道："老师说要写得真实一点，就是要你尽可能少写假的事情，写出真实的感受。"

　　"你说的是什么呀，都不对。"香拉自信地说，"我们小杨老师不是这样讲的，我赢了，你输了。"

　　"快去把这件事情告诉你们的小杨老师。"刁莉莉挤挤眼睛，说，"快去。"

　　香拉被骗走了，走得兴致勃勃的。

　　"不好意思"先生还说："关于选举的事情，你们畅所欲言最好。还有提问的吗？请把右手举起来，不好意思，手举高一点。"

　　车大鹏着急地在底下说："没完没了老师，拜托你，快下课吧。"

香咕看在眼里，心里默默对比，原来的班主任大杨老师行事很简单的，上班会课的时候，她把该说的事情交代清楚就好了，以便腾出时间给他们听听音乐呀什么的。他们的班会课常常是早放的，有几次还是全校最早下课的呢。现在不一样了，有的同学觉得好，有的同学觉得很不习惯。

看来车大鹏特别不满意，故意和步老师抬杠，嘀咕说："你说了几百遍'有体温的举手'，不举手就没有体温吗？没有体温那不是死了吗？"

"不好意思"先生听见了，说："车大鹏，我把你说的怪话也看成是提问，你的提问特别重要，你说'体温'也没错，提问是思想的体温。如果大家都没有学会提问，那就不能保持思想的体温呀。"

这下，举手提问的学生又多了起来。"不好意思"先生把这些同学的名字记了下来，说下次班会课让他们先提问，然后他说："不好意思，这次只能仓促结束，下课。"

下课后，车大鹏说："老师还说仓促结束呢，我的妈呀。"

香咕赶紧冲到香拉的教室去，还好，那边早就没有什么事了，听说香拉和林铁蛋都认为香拉落在林铁蛋膝盖上的荷包蛋，还有被林铁蛋两条腿一夹夹住的红肠片，比林铁蛋没有从饭盒里掉出来的荷包蛋和红肠片更好吃，双方

还为此争夺了一番。

"耶，我赢了一个老师。"香拉很得意地告诉香咕，"林铁蛋也说'真实一点'就是'只能有一点点真实'。你们的老师真是笨死了，他输给我了。"

香咕回到教室，正好听林杰在说，大杨老师每个星期天都会在福州路的文具商场买笔的，她喜欢画国画呀。

车大鹏马上接口说："到时候我去那里等着大杨老师。"

"对呀，你要向她诉苦，这样她就能早点回来呢。"梅花说。

"不好意思"先生还没有离开，他正考虑把那张画了很多糖果的选票留在教室里，后来他把它贴在黑板报上，说："我打赌，你们会慢慢习惯选票的。"

也不知怎么了，每次香咕路过黑板报就会抬起头来看一看那糖果选票，就好像知道自己与它有神奇的牵连呀。有时候香咕听见大家议论马上要参加选举的事情，她就会说："什么时候我们能自己来选举呢?"

车大鹏说："告诉你们，到时候千万不要选记我名字的厉害精。"

刁莉莉听见车大鹏针对自己，气得不行，又在本子上大记车大鹏的名字，说他好斗，骂人，讽刺好学生什么的。

在议论纷纷中，香咕他们对"糖果选票"的事情熟悉起来，都等着那一天快点来到，因为它会又新鲜，又神秘。

二和怪兽打仗

车大鹏画

校园里的"不好意思"先生

只过了三天，香咕他们都领教到这个"不好意思"先生和大杨老师太不一样了。他好像和所有的老师都不同，有时候他很严格，是世界上最仔细的老师，有时候他很搞笑，是世界上最会开玩笑的老师。

"不好意思"先生在上课的时候说出的话，跟全世界的老师都不一样，他帮助学生的时候，什么办法都能想出来，有的办法很绝的，笑死人了。

周五应该是图画课，可是教图画的老师请了病假，教数学的米老师想来加数学课，可是"不好意思"先生不答应，说："不好意思，主课已经够多了，排得这么紧张就像拉紧的橡皮筋，一松就弹回来。小孩子多一点美术细胞就知道美是怎样的了，我想让他们多接受艺术熏陶。"

"那，你来弄吧，"米老师说，"我撤了。"

"不好意思"先生自告奋勇，跑来代图画课了。他在讲台上放两只大苹果，两小束康乃馨，在教室的过道上支起小黑板，然后慢慢地在小黑板上描画起来，画几笔就停下来，给大家做示范，他说大家可以跟着他学静物写生，也可以画自己想象出来的花与苹果。

他说："你们谁画得最好，就把苹果和花奖给谁。这可不是一般的花和苹果，是进入绘画里的果果和花花，不好意思，不要错过机会，我都想争取得到呢。"

"果果和花花我都要。"车大鹏说。

车大鹏画了一只苹果，轮廓没有画好，有棱有角的，他在苹果上面涂了一些明暗的对比，也没有涂匀，像烂了一块，他又给苹果加了脚和手，然后他提出请求："老师，给个果果吃吃呀。"

"不好意思"先生看看车大鹏画的苹果，说："你画的是什么呢？"

"怪兽苹果。"车大鹏说。

车大鹏见自己没戏了，干脆在苹果上画他最喜欢的飞机大炮，还有机器人，在边上画小昆虫，苍蝇、蚊子、金龟子什么的，很快就把图画纸画满了。他觉得静物写生没有意思，看见别人都在认真地画图，他就脱了鞋，猛睡。

"不好意思"先生没叫醒他，也不批评他，而是把他的运动鞋藏起来了。

大家都看在眼里，偷偷地乐，想大声笑的人就捂住了嘴巴。

一会儿，车大鹏醒过来了，发现自己的鞋子在讲台边上撂着，觉得很狼狈，脸变得通红，说："我输了，老师，以后我上课不打瞌睡了。"

"不好意思"先生对车大鹏说："你想发明另类的东西对不对？刚才我以为你在思考发明一种在上课时穿的很舒服的鞋子，所以就没有惊动你。现在，你可以重新画了吗？"

他又发了一张图画纸给车大鹏。

车大鹏觉得"不好意思"先生是很聪明的人，他就喜欢高智商的人。下半节图画课，车大鹏就不打瞌睡了，还把眼睛瞪得溜圆，可是他描摹静物的时候，开头很认真，细细地描画，可是刚画到三分之一的地方，又失去耐心，没有兴趣好好画了，开始乱抹乱涂的。

"不好了，"那个"不好意思"先生说，"大家注意，怪兽进我们教室了。"

林杰说："怪兽？天哪，好吓人。"

"怪兽来了，我怎么没看见？"刁莉莉说。

"来吧，来吧，我来和怪兽搏斗，"车大鹏说，"然后做一个笼子，把怪兽关起来，送到动物园去。"

"怪兽在这里，""不好意思"先生指着车大鹏说，"不好意思，我说你是怪兽了，事实就是这样。"

"我哪是怪兽？"车大鹏说，"我妈妈的同事都说我五官端正。"

"对呀，"林杰说，"我们车大鹏是阳光小帅哥呢。"

"癞蛤蟆还以为自己是青蛙王子呢！"刁莉莉赌气地说，"好笑呀，脸皮真厚，他们家就是车伟大像电影明星，是白马王子。"

"魔鬼老哥才不是白马王子，我爷爷说他笑起来喜欢歪着嘴，丑死人呢。"车大鹏说。

"不好意思"先生说:"车大鹏,我觉得这么比喻没有错呀,你想一想,一个人长着一只虎头,却有一个蛇尾,能好看吗? 是不是怪兽呀?"

"不好意思"先生还在黑板上画了一个长着巨大的头、渺小的尾巴的东西,大家一看都叫起来:"真是怪兽,怪兽!"

车大鹏本人也不"反抗"了,说:"这么说是很好玩的呢。"

"不好意思"先生说:"哪天你改掉了,就不是怪兽了。"

那一堂图画课,梅花和香咕的图画得到了果果和花花,"不好意思"先生说梅花画得最好,香咕画得最认真。

可是刁莉莉不高兴了,嘟起嘴巴,朝"不好意思"先生白眼睛。

刁莉莉可是班里的大干部,从一年级下学期起,大杨老师就确定由她来当中队长。她长得高挑,坐在最后一排,前面的座位都在她的视线之内,谁上课插嘴讲话她就会把那人的名字记下来,下课后带给大杨老师看。她记的本子写得最多的就是车大鹏的名字,密密麻麻的,就像是专门在练那三个字呢。

教图画的美术老师最喜欢刁莉莉,把她当得意门生,

总给她和梅花最好的分数，还把她们俩的画放在学校美术展览中展出过好几次。有时候下课了，她还把刁莉莉留下来，向她传授绘画的秘诀呢。另外，美术老师让刁莉莉做课代表。

记得有一次，美术老师教想象画，还播放音乐，让大家自在地冥想，然后把想象中最美好的片段画下来。香咕的脑海里出现了一片巨大的森林，香咕太喜欢了，想把壮观的森林画出来，她把近处的树林画好了，再想把远处的树林画出来的时候，感觉有点不会画，她悄悄地问美术老师。

美术老师正忙着对付车大鹏，那天车大鹏画了一个四不像的东西，却要求得一百分，美术老师问他画的什么，他说："我画的是龟孙子。"

当时美术老师要批评车大鹏搞恶作剧，就让课代表刁莉莉来点拨香咕。

不过，那次刁莉莉很拿架子的，香咕问："应该是先画远的树林吧？"

她说："嗯，我最不喜欢开口教别人，就喜欢自己来示范。"

她在香咕的画上面东画西画，添了很多树干，她还要摆大画家的派头，使劲甩水彩笔，不料，甩下来一滴水彩颜料，在画面上形成一个难看的墨团。等感到画得尽兴了，她才对香咕说："这下你学会了吧？"

说实话，这次香咕能在图画课上获得果果和花花，心里是很欣喜的。下课以后，她正想把果果送给车大鹏，免得他那么眼馋，这时，她看见刁莉莉拦住

校园里的"不好意思"先生

"不好意思"先生，把自己画的图送到他眼前，说："步老师，你怎么不看一看我的画呀？"

"老师看过了，还不错。""不好意思"先生说。

"可是……你再仔细看一看呀。"刁莉莉说。

"不好意思，我已经看过三遍了，是仔细欣赏过的。"

"可是，为什么……"刁莉莉吞吞吐吐地说，"为什么你把果果和花花奖给不如我画得好的人呢？这很怪的。"

"不好意思"先生看看刁莉莉，微笑着，说的话和对车大鹏的很不一样，他说："你觉得怪？不会吧，上图画课的时候她们画得很投入。"

刁莉莉犟嘴说："我不是也在画吗？我不是都画好了吗？"

人人都知道，刁莉莉是最聪明的，什么课她一学就会，可是她的妈妈把她当成傻孩子，专门请家教天天上门为她补课，补的有现在正在学的课，也有第二年才会学的课。所以老师在课堂上教的东西她不感兴趣，早都学过了，她还夸口说，就是跳一级也绝对没有问题，

于是刁莉莉上课的时候总是要开小差，有时候她东张西望，注意同学有没有在底下交头接耳、偷偷传纸条的，如果有，她就及时记下来。有时候没什么情况，她就低头把玩她爸爸给她买的好东西，还有几次不知道她走神在想什么，咯咯地笑出声来了，自己还没有察觉。有一次她偷

偷地学流行歌曲，还哼出了声音呢。

大杨老师在的时候，一般不说刁莉莉的，因为她的学习是很出色的，班长也当得不错，哪个老师多看她一眼，刁莉莉都会伤心的。刁莉莉长得最高，班里男同学的个子都没有她高，可是她的脾气有点像小孩子，忽冷忽热，很娇气的。

"你是把图画完成了。""不好意思"先生说，"可是你还能画得更好，对不对？"

"我已经画得很好了。"刁莉莉委屈地说，"谁说我画得不好呀，真不公平。"

"不好意思"先生发现刁莉莉是真的不满意了，就说："刁莉莉，你呀，要是下决心打一仗就好了。"

"什么，打仗？"刁莉莉惊叫起来，"老师叫我去打仗？哎呀，哎呀！"

"是呀，你是要狠狠地打上一仗才行哩。""不好意思"先生说，"看样子你还在犹豫，我来督促你好不好？"

"不要呀，"刁莉莉恼怒地说，"我不喜欢打仗。老师怎么要我打仗呀，救命！"

"怕什么？这种仗，每个人都要打的，打赢了就好了。"

"打什么仗呀？和谁打？"车大鹏捏着拳头，说，"告诉我，我来帮她打。"

"这个仗，别人是帮不了忙的，要让刁莉莉自己来打，和怪兽打。"

刁莉莉忍不住说："到底要我打谁呀？哪有怪兽呢？"

"你要用'认真的你'打败'随便的你'。"不好意思"先生说，"随便的你就是怪兽，不好意思，我这么比喻让你吓了一跳吧？"

"不好意思"先生没有直截了当地指出刁莉莉的不好，给了刁莉莉面子，所以刁莉莉没有哇哇大叫，也没有大耍脾气，她不哭不闹，点点头，说："你是一个超级老师。"

不单单是刁莉莉，就是小香咕和别的同学也都记住了要和自己打仗的事情。

那之后，车大鹏大变样了，上课认真很多，还成为"不好意思"先生的超级粉丝，而且并没有再提起要找大杨老师诉苦的事情。

第二个星期，又要上图画课的时候，看见教图画的老师跑来上课了，香咕他们全班的同学都说："唉，老师，你好好休息呀。"

大家都盼望再由"不好意思"先生来教一堂图画课，因为他上课特别有意思呀。图画课上完就放学了，香咕和梅花，还有刁莉莉，都想把这次在图画课上画的画拿给"不好意思"先生看一看，她们都觉得画得很满意，想让"不好意思"先生评价一番。

刁莉莉问香咕："小黄豆，你说步老师会不会又让我打仗？"

"不知道。"香咕说。

"说什么？小黄豆，你为什么不安慰我，说步老师会表扬我呀？"刁莉莉说。

香咕说："我真的不知道，我希望你幸运，能得到表扬，可是我猜不透会不会得到。"

刁莉莉笑起来，说："我也猜不透。"

香咕她们到处找，都找不到"不好意思"先生，心里都慌起来了，大杨老师说走就走了，那个"不好意思"先生会不会也走了？哎呀，怎么受学生喜欢的老师那么容易走呢？

忽然，梅花叫起来："在那里，在那里，我看见了！"

原来"不好意思"先生正在篮球架下决战呢，他混在一群高中生里，正巧车大鹏的魔鬼老哥也在队伍中，两个人还是对手呢。

"看住他，看住！"车大伟大声叫道，"1号危险人物。"

香咕她们看了一会儿就明白了，车大伟说的那"1号危险人物"就是"不好意思"先生，他打篮球真是绝了，正手能投篮，反手能接到球，跳起来还能打篮板球。这会儿他得到了球，飞速跑动起来，把前来阻拦的车大伟甩在了后

面。

他的灌篮动作好看着呢，而且风度也佳。他赢了球还和对手打招呼呢，说："不好意思，让你们又输了一球，嘿嘿。"

香咕她们给他看她们的图画，他很满意，说："很好，做到自己最好的了，说明怪兽不是你们的对手，你们很厉害。"

"那你要奖励我们呀。"刁莉莉泼辣地说。

"好啊，"他说，"这三个小朋友都有奖品，这奖品嘛，不好意思，跟上次不一样了。"他说着，在梅花的画下面写了一个"好"，在香咕的画下面写了一个"思"。

他拿过刁莉莉的画端详了一下，正要写字，刁莉莉说："老师，你写个好一点的，就写个'意'吧。"

"可以。"他顺手就写了一个"意"。这下，香咕她们都高兴起来，咬着耳朵说："上当了，变成好意思先生了。"

"不好意思"先生明知道她们笑什么，却满不在乎。他还很高兴地向她们承诺，只要她们学会和"怪兽"打仗，让自己变得更自信，更完美，等到了冬天，十二月三十一日那天，他要请来慈祥的白胡子很长的新年老爷爷，为她们祝福，还要赠送神秘的新年大礼。

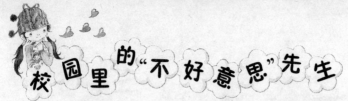

校园里的"不好意思"先生

天气回暖了，小鸟啾啾地叫，校园里的花花草草全都苏醒过来了，走在草地上就能闻到青草好闻的香味。这时候，学校的报栏里贴出了改选大队委员的告示，别的班的同学议论纷纷，把这件事情当新闻一样传得很开，还跑到香咕他们教室里来看。

"这就是我们的'糖果选票'。"车大鹏骄傲地说。

在班会课上，"不好意思"先生让大家好好考虑，鼓励班级里觉得自己符合条件，想参加竞选的同学都可以报名。报了名先在班级里投票选出最强的两位当候选人，再由全校的学生投票选举出大队委员。

车大鹏说："我有很多问题想问，可以吗？"

"不好意思"先生开口道："请问很多是多少？"

"五个。"车大鹏脱口而出。

"你的问题还不算很多，我以为你有五十个问题呢，请痛痛快快地问吧。"

车大鹏连珠炮似的问了以下四个问题：

"每个学生都能报名吗？"

"真的那么自由？不敢相信。"

"我这样的也可以报名吗？"

"如果不报名就算放弃了吗？"

车大鹏提了四个问题后，试探地看着"不好意思"先生。

"好像是选择题，很有意思呀，""不好意思"先生说，"听好我的回答，答案就是：是，是，是，是。"

车大鹏兴奋地拍拍手，说："全答对了，一百分。"

"还有一个问题在哪里呢？不要漏掉了。"步老师还帮车大鹏那冒失鬼记着数字呢。

车大鹏红着脸，憋了一会儿，突然问了一句："请问，你也是男的，你希望男同学能选上吗？"

大家大笑起来，"不好意思"先生也笑了，说："我可以理解你的心情，现在女同学很强，对不对？不过，男同学可以更强呀，男女机会均等。"

下课后，车大鹏和高庄把头抵在一起，商量了好一会儿。两个铁哥儿们决定趁热打铁，他们迅速地去步老师那里报了名，高庄还替他的表妹梅花报了名。

刁莉莉看到他们三个都报了名，很生气的，她对小香咕说："你为什么不报名呀，小黄豆？看，车大鹏这样的捣蛋鬼都敢报名，谁还不能报名呀？"

"你呢？"香咕问刁莉莉。

"我当然要报名哪，凭什么把报名的权利让给他们呢？小黄豆，你也报吧，我会投给你一票的，因为那三个人实在不怎么样，比起你来嘛，还要差一点。"

后来梅花也鼓动香咕报名，说如果有香咕相伴着一起做事情，一起出发，不管去哪里，她都不感到害怕，不然

的话，她不会有勇气坚持到选举结束的，老是感觉心里在打鼓。

她还说："你一定要报名的，因为我就想选你，你善良、聪明，要争取当一个最好的大队委员。"

香咕说："可是……让我想一想。"

看香咕没有答应，梅花很着急，她去找车大鹏和高庄，还跑到香咕家和香咕的外婆说，和香咕的表姐表妹说。大家都觉得香咕比刁莉莉好一千倍，所以都鼓励香咕报名。

"香咕必胜。"大家都这么说。

可是香咕心里总有一个疙瘩。

这件事情，不知怎的让何桑知道了。何桑跑到香咕他们班来了，说小香咕最好不要报名，千万不要和刁莉莉比，因为是比不上的，她说："我就是刁莉莉的竞选顾问，我让认识的人都选刁莉莉，不选你小香咕，到时候，你生病的爸爸听到这个消息会不安心的。"

"别人不会听你的，"梅花说，"每个人有自己的糖果选票。"

"就是会听的，谁敢不听我的，哼！"何桑说，"谁不知道有名的何桑是不好惹的呀。"

"有什么名呀？又不是好名声。"车大鹏愤愤地说。

何桑开始怒气冲冲，嘲笑车大鹏的声音很尖，像女的，所以是变性人，不男不女。

车大鹏气得要与何桑拼了，刁莉莉把他拉住了，说："不要粗鲁，你是斗不过何桑的，要是被打成破大篷车，谁会选你呢？"

何桑说："还是乖乖听话，跟小香咕一样，识相点，照我说的做就不会吃苦头。"

"别以为别人都是胆怯的。"小香咕说。

过了一会儿，香咕就报名参加大队委员的竞选。她想起妈妈的话来，就不怕失败了。妈妈说过，让她打开心，去做勇敢的人。

刁莉莉默默地看着，很在乎的，说："如果大杨老师在，她就会指定候选人的，不会像现在这样，乱糟糟的，什么人都想做候选人。"

车大鹏听见了，说："大杨老师不在最好，她会让刁莉莉一个人做大队委员候选人的。"

"哼，没良心的，"刁莉莉说，"你敢说大杨老师的坏话，当心我告诉她呀。"

调皮鬼车大鹏闷闷不乐，其实香咕知道，他很喜欢大杨老师的。这个车大鹏，平时的学习从来得不到第一名，他也很少有机会代表班级去参加比赛，不经常闯祸挨批评就算好的呢，可是大杨老师对他不错，他也能从大杨老师那里得到奖品的，比如他做了错事，只要承认了，保证改掉，大杨老师就会奖给他一根巧克力做的小魔棍。

以前也是，现在也是，车大鹏就看不惯大杨老师对刁莉莉的偏爱。

看见香咕报了名，到了放学前，刁莉莉也急匆匆地报了名，她一心想当上大队委员，都想死了。

放学的时候，刁莉莉的妈妈已经站在学校门口，跟别的家长在说大队委员的事情，看来她早就打听清楚了。她看见刁莉莉，一把搂住，说："好女儿，你好好努力呀。"

第二天一早，香咕和梅花刚到学校，刁莉莉就上来收作业本，一边告诉香咕她们，她爸爸说如果她能被选上大队委员，暑假里就陪她去夏威夷玩。

"夏威夷?"香咕说，"真好呀。"

"所以我要争取，无论如何要打败对手。"

这时，香咕的同桌梅花叫起来，原来她发现自己的语文、数学、外语三本作业本全都没有带来。她马上打电话让病休在家的妈妈帮她送作业来，偏偏她那平时常常爱睡懒觉的妈妈起了一个大早，乘船去住在崇明乡下的姨妈家走亲戚了。

　　梅花很委屈，说："我妈妈昨天要借我的笔用，我理好了书包，被她倒出来，结果忘了把作业本放回去了。"

　　刁莉莉才不管呢，她看见梅花没有带作业本，大笔一挥，在本子上记下梅花的名字，还说："我把你的名字写大一些，因为你破纪录了，三本作业都没有交。"

　　梅花不由得哭起来，因为她刚刚报名参加大队委员的竞选，希望把自己的事情做得好一点，正朝着那个方向努力呢。

　　香咕来找刁莉莉求情，说梅花从来没有不交作业，她是很守信的，应该相信她是漏带了。

　　"来来，来，"刁莉莉把香咕叫到一边，说，"梅花没什么好，你忘了，她迟到过好几次，还想竞选，远远不够资格。就算做了候选人，选举的时候看着吧，选票肯定很难看的。"

　　"梅花德才都好，"香咕说，"她每天很早就起床练习写生，因为担心迟到，她老是要把闹钟拨好的，可是她妈妈脾气不好，要梅花帮着煮粥、煎蛋，这儿弄弄，那儿整

整，有几次就因为这个，梅花上课就来不及了。"

"哦，是这样。"刁莉莉说，可是一转身，又变得不依不饶的，照样要记梅花的名字。

"中午的时候我回家拿作业行不行？"梅花说。

刁莉莉摇头，表示她不答应，还说："你想哭了？哭也没有用。"

"我不想哭。"小个子梅花说着，鼓鼓的脸上露出愁苦的表情，香咕看到了很同情她。

"你还想不想参加大队委员的选拔呀？"刁莉莉说，"你眼圈都红了，告诉你，不许哭，笑比哭好，越哭越糟。"

梅花的眼泪就像珍珠一样，一颗接一颗地落下来。

正在这时，"不好意思"先生正好走进来，他接着刁莉莉的话说："谁说呢？有时候哭比笑好。"

梅花听见后哭得更响更伤心了。

这时候，步老师才发现是梅花在哭泣，还哭得很伤心，他有些窘，说："这……"

"别哭了，步老师是无意的，他的意思是说，经过这件事情，以后你就不会忘记带作业了。"香咕安慰梅花说。

"你怎么知道我是这个意思呢？""不好意思"先生脸上没有笑容，一脸严肃地问香咕，"说说看，凭什么？"

"这……我没凭什么呀，"香咕说，"哎呀，我猜错了？"

"不好意思，我想说，你猜对了。你还犹豫什么呢？""不好意思"先生说，"明明猜得很对，就要敢于确定。"

"是，"香咕开心地说，"梅花的妈妈翻她书包时，忘了把作业本放进去了。"

步老师又对梅花说："香咕很善解人意的，我的意思她全都理解，请你明天把今天的作业带来吧，怎么样？现在应该是笑比哭好了吧？"

可是刁莉莉不肯，她非要把梅花的名字记下来，还说："我不管，反正是大杨老师叫我记的，没交作业的一律要记名字的，她图画得好就了不起了？哼，哼，哼！"

刁莉莉还发火了，咆哮着，眼睛睁得大大的，很像发怒的猫。平时这位班长生气的时候，大家都由着她去了，可是这一次大家很同情梅花，因为梅花这个人是很谦和的，做什么都很精心，没带作业是有原因的，她的妈妈有时候脑子会犯糊涂，但是梅花说什么都不会提这一点的，她只顾懊恼着，眼睛都哭肿了，却还要维护她妈妈的面子呢。

车大鹏看不过去了，刁莉莉是他的同桌，他觉得她这样，把他的脸也丢光了，他伸手要抢刁莉莉记名字的本子。

刁莉莉说："哼，你敢？"

车大鹏看看刁莉莉，说："你真是白雪公主……"

"不要说了，不许说了。"刁莉莉说。

"就说，就说，"车大鹏高声说，"你是《白雪公主》里的恶皇后！"

"我不管，我记下来了。"

话很少的高庄冷不防对刁莉莉说："那么，请别忘了记你自己的名字。"

"凭什么呢，"刁莉莉说，"记我的名字？休想。"

"对了，有一次刁莉莉没有完成作业！"车大鹏忽然叫起来，"高庄，好兄弟，你真是个智多星。"

这下，香咕也想起来了。有一次大杨老师布置了一项家庭作业，要求同学们照着电视公益广告，给长辈洗一回脚，结果刁莉莉没有做，她公开说："我妈说别洗了，让我给布娃娃洗一洗脚。既然她不肯，那就算了吧。"

"都是这样的，"刁莉莉说，"你们不也是吗？"

"不是的，香咕的外婆说让香咕洗很过意不去的，可是她也照样洗，梅花也是，作业一定要完成。"高庄说。

那天，班级里好像分成了两大阵营。有人说刁莉莉好，能干，聪明，还有人说刁莉莉不怎么样，对自己很松很松，对别人很严很严，这种毛病很讨厌的。

刁莉莉见自己的短处被拿住了，就不说话了，她老老实实缩在自己的座位上，就像一只小猫，但是要是她抓到了别人的短处，就会变成一只大老虎的。

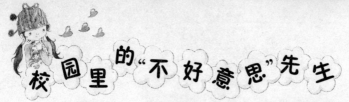

校园里的"不好意思"先生

过了一天，刁莉莉忽然改变了，她把写着梅花名字的那一页纸作废了，笑眯眯地对香咕说："不要了，看见了吧？不要了。"

而且，她变得格外亲切了，主动邀请香咕她们到她家去庆祝她的十岁生日。

"还有生日大餐呢，很高级的，是我爸爸买的食品，有瑞士的巧克力，德国的香肠，日本的海鲜，他最慷慨了。"刁莉莉说，"你们一定听说过我爸爸吧？"

"听说过了。"大家都懒洋洋地说。

刁莉莉最爱说她爸爸慷慨，说了不知道多少遍了，比如关于她爸爸今年春节刚刚送她幸运蓝宝石的事情，全班没有一个人不知道的。

"你们都晓得它很贵的吧？比小拇指盖还要小一半的宝石居然要三千多元呢。有了它就有了好运气，那个卖宝石的人亲口说的。"刁莉莉还是说个不停。大家却在相互用微笑来表示："可不可以不说呢？"

可是刁莉莉像孔雀，喜欢到处炫耀自己的优越，她的爸爸在会计事务所工作，被她说得好像是在天上上班似的稀奇呢。

刁莉莉说："我爸是金领，什么叫金领知道吗？你们只知道白领吧。告诉你们，跟金领相比，白领就不算什么了，神气不起来，跟没有领子一样的。"

"衣服领子是金子的？脏了怎么洗呢？"车大鹏故意挑毛病。

"老土呀，没见过大世面，我爸爸一个月挣好几万元。"刁莉莉说。

"什么？一个月几万？"高庄吃惊地说，"呀！"

"金领爸爸就是这样的。"刁莉莉说。

"真的，我们从来没见过你的金领爸爸呀，"高庄说，"真想见一见呀。"

"明天去我们家看吧，我爸爸会陪我一整天，他答应过我的。"

过去刁莉莉不爱领同学到自己家玩的，只有香咕和何桑去过，刁莉莉的奶奶和香咕家是邻居。刁莉莉的家是很漂亮的，布置得富丽堂皇，听说客厅里的一条地毯就要几万元，但是那地毯永远是九成新的，不会弄脏的，因为刁莉莉的妈妈没把它当成地毯，从来不让客人踩上去，只能看看，她也不让刁莉莉去踩，怕脚上有气味，踩上去就不好了。

这次真是例外，刁莉莉过十岁生日，她的爸爸妈妈主动让她请同学来家里吃生日大餐。刁莉莉请了班里的十多个同学，还请了何桑。

"那么多人呀！"车大鹏也收到了邀请，叫道，"人挤人，吃蛋糕要排队了吧？"

何桑点着车大鹏，说："就是呀，干脆不要请那个大篷车了。"

刁莉莉甩甩头，说："我爸爸说一定要请他呀，反正我家的餐具是十六人份的。"

大家开始张罗送生日礼物，小香咕也一样，回到家就若有所思，问："你们说，送什么礼物给刁莉莉好呢？"

大表姐香露说："好像刁莉莉被宠坏了，她爸爸一天到晚花钱给她买礼物，每次都买一大堆……对了，你说她喜欢什么呢？"

"原来刁莉莉的爸爸是傻瓜呀。"香拉自言自语地说。

香咕笑起来，香拉是一个小守财奴，从来不肯花自己的钱，她的压岁钱都是崭新的，和新的糖纸放在一起，也像是好看的包装纸。

"说什么呢，"香露说，"刁莉莉的爸爸还不错，舍得花钱。"

"舍得花钱就是傻瓜。"香拉坚持说，她觉得钱是最好的东西，可以永久留着，花掉它的人多傻！应该像她那样把钱统统藏起来才会越来越多呢。

别人也许都猜不透，刁莉莉的金领爸爸每到一个地方，为什么非要给刁莉莉买礼物呢？这里的讲究是刁莉莉的奶奶告诉香咕的。刁婆婆就住在小香咕家的隔壁，她很喜欢小香咕一家，常常跟他们说知心话。她说刁莉莉的爸爸没时间陪孩子，心里很愧疚，老是担心刁莉莉"小小的心灵里有了阴影"。刁莉莉打探到爸爸的心事后，牢牢记住了，就要她爸爸买礼物弥补。有一次她爸忘记给她买礼物了，她装出"小小的心灵里有了阴影"的模样，又哭又闹，还"绝食"了，把她爸爸吓得不轻，从此他出差再也不会忘记带礼物回家，花钱的时候出手还特别大方，脸上笑眯眯的，好像跟钞票有仇似的。

"我家莉莉呀，不懂体贴人，像她的妈妈。"刁婆婆叹息说。

至于刁莉莉喜欢什么礼物，小香咕也说不上来，她想了一会儿，忽然想起什么，说："我想起来了，刁莉莉很爱点钱的。"

是呀，每年春节刁莉莉要来刁婆婆家拜年，进门说一句"新年快乐，恭喜发财"，就等着刁婆婆给她压岁钱。等拿到后她马上走出家门，躲在一边数起来，一分钟也不会耽误的，那不是很喜欢点钱吗？

"喜欢点钱？"香露说，"你送得起吗？"

"是呀。"香咕说，她觉得很为难。

香咕有妈妈给的零花钱，还有压岁钱，也有不小的一笔了。她把自己的钱都藏进了一只漂亮的空果酱瓶里，瓶子是玻璃做的，她把它叫"透明小银行"。她看看存在里面的钱，有点发愁，因为那些钱她是要留给爸爸医病的，

不能送给刁莉莉的。

马莎姨妈知道了，要带香咕去百货大楼买礼物。

这时候，香拉叫起来了，说："不要呀！"

"对呀，"香露说，"刁莉莉什么也不缺，你就送她一副扑克牌，想点钱的时候，她可以点牌来代替。"

"不用了，"香咕说，"我送她特别的礼物，她会很喜欢的。"

小香咕找出一个美丽精巧的海螺，给刁莉莉做了一个海螺花盆，上面插上一朵小花。

只要留心护着，它的花朵不知可以开放多少年呢。

星期六早上，刁莉莉早就等在大楼底下了，她穿了新的羊绒裙子，头上顶着漂亮的头花，看上去又好看又精神。香咕是第一个到的，刁莉莉就跟她聊天，问她到选举的时候投谁的票，还说，金领就是每个月的薪水很高很高的男人，女的如果挣得多，就叫女强人。她的金领爸爸身边有五张银行卡，每一张卡里都存着很多钱，要用钱，刷一下就行了。不存在卡里的话，天天就要花很长时间数钱，手会很酸的呀，金领爸爸哪有数钱的时间呀，他常常要在全世界飞来飞去呢。

这时，车大鹏和他的"王子老哥"车大鸿一起来了。车大鹏大大咧咧，礼物送得很随便，是他奶奶特意做的生日蛋糕，爱心形状的，蛋糕的名字叫"麻仁蜜荷"，车大鹏说蛋糕的名字是他自己起的。聪明的小香咕一猜就知道了，叫这个名字是因为蛋糕里加了芝麻果仁蜂蜜薄荷。

　　车大鹏的堂哥车大鸿就很讲究，他带的礼物是一块大拼板，名叫"神秘花园"。他的妈妈和刁莉莉的妈妈是同事，所以那礼物是她买的，外面还包上了发亮的包装纸，很正式的，像大阔佬送的礼物。

　　何桑也来了，跑得气喘吁吁的，她送给刁莉莉的礼物是很特别的。何桑是这一带的小女霸，对人

很凶很凶的，她在抽屉里藏着五把小刀，经常使唤它们的，有时她看见香咕不顺眼了，会威胁说："想尝尝它们的厉害吗？"何桑还敢和中学生打架，和班主任老师吵架，

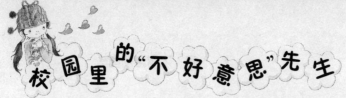

对自己的妈妈也不好，会开口骂自己的妈妈"滚蛋吧"，可是何桑对刁莉莉特别好，把刁莉莉当成最要好最甜蜜的朋友。不过，她没有别的朋友，只有这么一个朋友，所以特别忠心。这次她买了一大块橡皮泥，和好，用最小的刀慢慢地细雕，雕成了一个美丽浪漫的公主，还在上面涂上了亮亮的清漆。

何桑把礼物送来了，她说这是给刁莉莉雕的像。

哇，真是好看!"刁莉莉很喜欢，爱不释手的，因为她的妈妈就是美女，她觉得自己会越长越漂亮，要是长得跟那个雕像一模一样就好了，比她的妈妈还要美好几倍。

何桑可不是好缠的，不会这么好好地送这样一个礼物给刁莉莉，如果那样的话，她就不是何桑了，何桑最不愿意做那种软绵绵的、很温柔的女孩做的事情。她浑身都长着刺，总要用刺扎些什么，不这样她会觉得无趣味。

"来来，小香咕，"何桑叫着，"还有这个，你来看看。"

"什么?"小香咕谨慎地问，小香咕知道何桑对自己很不友善，老要折磨她，捉弄她，可是她就是不怕何桑。

何桑又从包里取出她做的另外一个雕像，是一个又小又干巴的丑女孩，驼背的，何桑说："有奖竞猜，这是谁呀?"

"是巫婆。"刁莉莉说。

"有点接近了，"何桑说，"再猜呀。"

车大鹏没好气地说："是你自己吧，何桑？"

"你这装死人的大篷车！"何桑怒声骂道，"这是小香咕。"

"一点也不像呀。"车大鹏大咧咧地说。

"你懂什么，她以后就会变成这样的。"何桑开心地说，"让她天天看，看多了，就会变成驼背。"

"才不会呢，"香咕说，"我一眼也不看，就不会变成这样的。"

何桑很帮刁莉莉，她一直想把小香咕比下去，抬高自己的好朋友。

何桑对刁莉莉说："喂，莉莉，小香咕选不上候选人，到时候我们就把它送给她。"

刁莉莉点点头，说："还不知道选得怎么样呢。"

香咕很伤心，她和那丑八怪雕像没有关系，可是当她高高兴兴带着礼物来欢庆刁莉莉的生日的时候，她不想被人奚落、嘲笑。她对何桑说："我觉得你这样很不好呀。"

"哟，口气很大，好厉害！"何桑一路大叫着，"告诉你，别神气，小香咕，我可以保证你选不上，到头来会白高兴一场。"

"哦，欢迎你们，"刁莉莉的爸爸说，"我听到你们在谈选举，真好，小小年纪就有了竞争意识。"

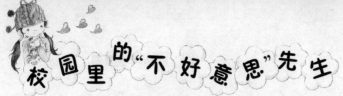

校园里的"不好意思"先生

刁莉莉的爸爸很和善，个子高得不得了，胖胖的，戴着眼镜，但是有啤酒肚。他给大家吃的东西都很美味，有蘑菇巧克力，有烟熏鱿鱼丝，还有一种叫"帆立贝"的零食，很鲜美的，一袋子一下子就吃光了。

车大鹏说："简直好吃死了，我叫我妈妈也去买吧。"

"做梦呀，"刁莉莉骄傲地说，"叫你妈妈坐飞机去买零食？那东西是我爸爸上个星期从日本带回来的。"

她爸爸坐在沙发上翻报纸，说："是呀，每个月都要去日本跑一趟。"

"真的？"车大鹏问："你去过迪斯尼乐园吗？那里有鬼屋的。"

"大人怎么会去那种地方？"刁莉莉的爸爸说。

小香咕笑一笑，问："您看了富士山吗？它很美吧？"

他说："还可以吧，我从机场去公司，又从公司去机场，堵车的时候看了几眼。"

"好吧，等你以后有了时间再去欣赏富士山吧。"小香咕说。

"也就这样了，都看过了。"他漫不经心地说。

香咕愣了，盯着他看，他说："是零食不好吃？都是在机场里买的。"

"日本有温泉的，你泡了吗？"车大鹏说。

"温泉很麻烦，要洗干净了才能泡呢，"他说，"太费时间了，真受不了。"

刁莉莉不让大家问下去，好像她也知道她的金领爸爸说的话很没趣的。

"好了，都坐好，有人要把我们画出来。"

梅花送的生日礼物，是要当场为刁莉莉画一张画。

刁莉莉上前挨着她的金领爸爸坐，特意让梅花移动位置，这样她的位置正好在梅花的正对面，她说："我的新裙子是淡肉色的，不要画成粉红色的，还有，我的新头花能画出来吗？是淡青色的。对了，你再站过来一点，不要偏呀，不然我们笑的时候，你会把我们的嘴巴画歪了。"

"不要紧的，莉莉，"金领爸爸说，"让你同学快点画，画完之后，你就招待大家呀。"

"他们自己会玩的，"刁莉莉说，一边吩咐梅花说，"你要把这热闹的场面都画下来，要把我和我的爸爸画得好看一点呀。"

"放心吧。"梅花说。

"莉莉加油！"何桑说，"对了，莉莉的中队长标志不要忘了画。是呀，画三道杠，大家都说要选莉莉的，我问过很多人呢。"

"不一定吧，要大家都觉得刁莉莉好，支持她，她才能行，对不对？"刁莉莉的爸爸说。

大家没有做声，金领爸爸又问车大鹏，说："你是她

的同桌，你觉得我家莉莉怎么样？"

车大鹏笑笑，忙着指挥几个男同学一起玩电动火车。

"到底怎样？"金领爸爸说，"男孩子要干脆一点，告诉你，我们莉莉倒是常常说你们弟兄很不错。"

"真的呀？"

"是呀，"金领爸爸说，"不信吗？莉莉说，是不是？"

"是的，"刁莉莉说，"快坐好，正在画肩膀呢。"

金领爸爸又问车大鹏，结果车大鹏说："她……还可以。"

"痛快，痛快。"金领爸爸说。

等梅花快画好的时候，刁莉莉的爸爸窝在沙发里，歪着脑袋睡着了，刁莉莉悄悄地推推他，他转了一个方向，把两条手臂搭在沙发背上，睡成一个"大"字形。车大鸿先看见了，抿着嘴笑一笑，走开了。车大鹏也看见了，开心地傻笑起来，还笑出了声音呢。

"笑什么笑！"刁莉莉恨声恨气地说。

可是，大家都在偷偷地笑，因为好玩呀，越不让笑，越忍不住呀。

"金领爸爸就是这样的。"刁莉莉说。

过了一会儿，梅花把图画画好了。她把刁莉莉画得比本人好看，小脸很俊俏的，画她的羊绒新裙子是淡肉色的，没有画成粉红色的。还有，把刁莉莉的新头花画出来了，是淡青色的。她并没有画刁莉莉爸爸难看的睡相，而是画他打着领带，穿着西装，坐在飞机上，衣服领子是金色的。

可刁莉莉还是不满意，她说："快，把大家送的礼物也画在一起吧。"

刁莉莉把礼物都放在梅花面前，叫她画下来，在一大堆礼物中，她还是最中意何桑送她的礼物。她抱住何桑，说："何桑，何桑，我感觉你真好，到底是我最贴心的朋

友，一心向着我呀。"

"我就喜欢对你好。"何桑说。

另外，刁莉莉也夸奖车大鸿的礼物，说："你和车伟大都是我们的王子老哥呀。"

车大鸿不好意思，脸都红了呢。

他们想玩游戏了，不知道谁说还是来玩模拟选举，免得到时候很紧张，大家也就同意了。正在做糖果选票呢，这时候，忽然听到了一种怪声音：刁莉莉的爸爸忽然打起

了呼噜，他打呼噜和别人都不一样，不像打雷那么响，也不像叹气那么轻，那声音是一会儿高一会儿低，一会儿又很尖很尖，像用鼻子在练习吹口哨。

刁莉莉急死了，推她的金领爸爸，说"爸爸，你来切蛋糕吧，我肚子饿了。"

"哦，哦，切，切了蛋糕。"他嘀咕着，可是还是不睁开眼睛。

车大鹏说："真好玩，你爸爸在说'呼噜切，呼噜夹蛋糕，蛋糕夹呼噜'。"

"什么呀，金领爸爸就是这样的，他很累很累，已经快要累死了呀。"刁莉莉说着，不知道怎么了，眼泪汪汪的。

五豪华的生日大餐

校园里的"不好意思"先生

何桑出场了，要帮着刁莉莉解围，她将两只手拢起来，做成扩音器的模样，对准金领爸爸的耳朵，叫着："喂，喂，喂，喂!"像试验话筒似的。

她越喊越响，越喊越快，可金领爸爸还是没有醒来。

刁莉莉灵机一动，拿起电话拨打她爸爸的手机号码，说："想起来了，看我的。"

看来她的金领爸爸是很特别的，刚才何桑扯着嗓子对他大喊大叫，快把嗓子都叫破了，可是他像大山似的动都不动一下，倒是手机铃声一响，他一下子就从沙发上蹿了起来，吓了大家一跳。

他说："哦，哦，我怎么睡着了？手机，我的手机在响，我是觉得奇怪，今天老板怎么没找我呀？"

"爸爸，是我打给你的呀，"刁莉莉得意地说，"我要你来给我切生日蛋糕呀。"

"哦，是莉莉，好呀，我来切蛋糕。"金领爸爸松了一口气，站起来往餐桌那边走，先向大家展示那有三层高的蛋糕，说，"看看吧，这是特意定做的芝士蛋糕。"

"奶油味很浓的，我想马上吃一大块。"高庄说。

金领爸爸笑了，他说："不急，不急，都过来欣赏欣赏呀。"

高庄说："对呀，蛋糕上面还有花呢，很好看，像是麦穗。"

"对呀，仔细看，"金领爸爸说，"看看，上面裱的还有什么?"

车大鸿念起来："还有字，裱得很好呢，'好朋友们祝莉莉生日快乐，早日成功'。"

"对呀，"金领爸爸说，"你们吃了蛋糕就和莉莉成好朋友了，能不能做到呀?"

"大家本来就不错。"车大鸿说话总是很体面的。

可是，就在这个时候，金领爸爸的手机响了起来，他跳起来去接，说："是，是我，好的，马上到，没问题。"

"爸爸，是谁给你打电话呀?"

"老板的电话终于追来了……唉，莉莉，莉莉，蛋糕你们自己切吧，公司里有急事，我要马上过去一趟。"金领爸爸说着，赶紧把西装的扣子扣好，动身要走。

刁莉莉伸手拉住她的爸爸，说："你答应陪我一整天的，大人不能食言的，食言就是大骗子。"

"不行，不行。"金领爸爸说。

"哎呀，哎呀。我脑袋疼，胸口疼，透不过气来。"刁莉莉说着，好像很不好受，躺在沙发上，来回折腾着。

"真的吗? 怎么搞的?"金领爸爸急得跟什么似的，"不会吧，你是故意吓我吧?"

"是真的，是真的疼呀。"

"去医院做个CT吧，可能是头疼病发作了，莉莉一生

气就要犯这个病的，从小就是。"金领爸爸说，"走，我们去医院。"

"现在不要去呀，"刁莉莉说，"我好像好点了。可是爸爸，你别走呀。"

"我打电话，我打电话。"金领爸爸说。

刁莉莉看她爸爸躲到房间里去打电话了，悄悄对香咕他们做鬼脸，说："看我的，我爸会晚一点去，等生日餐结束后再去。我就不让他走，他一定是请假去了。"

调皮的车大鹏拉着大家在门外偷听，只听金领爸爸在说："怎么搞的，你们怎么搞的？老板说了，我们的方案被否决了，要重新做，懂不懂？你赶紧开始，还等我做什么呢？"

刁莉莉吐吐舌头，说："我爸在训他手下的人呢。"

金领爸爸一溜烟地跑来，心急火燎的，马上就要切蛋糕，点生日蜡烛，说："快点，快点，我们开始吧。"

说到这儿的时候，金领爸爸的手机急促地响了起来。

"不好了，"金领爸爸嘀咕说，"是催命鬼打来的。"

"谁是催命鬼呀？是长得很吓人的人吗？"梅花说。

刁莉莉说："是我爸的老板。"

"是呀，是呀，他们是做不了的。"金领爸爸在电话里声音都变了，说，"家里，家里，有点情况，是，是，好。"

"哎呀，哎呀，又疼了……"刁莉莉又躺到沙发上去打滚了。

刁莉莉的爸爸还是走了，刁莉莉觉得很失落，也很没面子，从沙发上起来，赌气地说："我们玩吧，没有大人管了更好。"

可是她一边说话，一边把她金领爸爸的拖鞋往地上砸，说："不陪我吃生日餐，没劲，没劲，哼，哼。"

香咕看刁莉莉难过，就说："有办法了，我们来玩蔬菜国的游戏吧，每人扮一种最喜欢的蔬菜，把你的金领爸爸也编进去，就像他在陪你一样。"

"对呀，"梅花说，"这样会很热闹的。"

大家都说好，车大鹏也点头，认为像平时那样吃大餐没有什么趣味，因为吃得太多了，千顿万顿了呀，换一换多有滋味哪。

"好是好，还是我来决定玩什么吧。"刁莉莉说，"对，我们来玩宠物吃大餐，那样更有趣。"

过了一会儿，门铃响了，刁莉莉说："爸爸，我爸爸还是回来了。"

她把门一开，原来是刁莉莉的奶奶刁婆婆。

"莉莉，不要紧吧？你爸让我马上送你去医院呢。"

刁莉莉看看自己的奶奶，红着脸，说："奶奶您回去吧，我和同学喜欢自己玩。"

刁婆婆说："那怎么行呀，我不管你，你爸爸会怪我的。"

"我已经好了。"刁莉莉说。

"你爸说了，好了也要去医院查清楚，看看是什么病因。"刁婆婆说。

这下刁莉莉没话可说了，愣着，像一个小木桩。

香咕马上去把刁婆婆拉进来，刁婆婆看见香咕，像看见了亲孙女，牵着她的手不放。

"哎呀，哎呀！"刁莉莉叫唤着，只好把奶奶安排在书房里，说，"您看书吧，这里的书够您看上一年，我们正要开始吃生日大餐呢。"

"那好，要是你不舒服了，随时叫我呀。"刁婆婆叮嘱说。

开始玩宠物吃大餐的游戏，刁莉莉要做她自己，因为她是小寿星，车大鸿也演自己，因为他不习惯演宠物。其他的人就开始抽纸条，纸条上面写的有厨娘，有大管家，还有宠物，结果小香咕摸到的是做厨娘，何桑摸到的是做大管家，其他的人摸到的都是宠物。车大鹏愿意做厨娘的宠物，梅花和高庄以及所有当宠物的人都要做厨娘的宠物，没有一个愿意做管家的宠物，因为大家都觉得靠近小香咕有温暖的感觉，她会善待自己的宠物的。

何桑一个宠物都没有，倒也不恼火，她早就料到会是

这样的，所以她开始抢宠物，拉住围着小香咕的宠物，背起来就走。她还抢高庄呢，高庄不甘心被何桑抢到手，想方设法要突围，回香咕身边，可是何桑不松手，拉住高庄的衣服。高庄干脆把外衣脱下来，不要了，可是何桑抱住他的腰，像拔萝卜那样又把高庄夺过去。

高庄终于发火了，说："你不能强迫呀。"

何桑还是不松手，她不想一个人当光杆儿司令呀。

尽管出了一些不愉快的小插曲，可是生日大餐开始了，大家吃得很隆重，忘记了何桑做的傻事。音乐响起来，菜肴非常丰富，有红红的冻虾，很鲜美的，有和酸菜煮在一起的德国香肠，还有三文鱼寿司、比萨、水果色拉、大章鱼、嫩嫩的黑椒牛仔骨什么的，饮料也多，有鲜橙汁、杨梅汁，还有哈密瓜汁、玉米汁、木瓜汁，还有豆浆和牛奶，真是豪华的生日大餐，不承认也不行。

后来，香咕他们越吃越开心了，因为感觉很不同。现在他们吃美味的生日大餐和平时是不同的，每个人都有不同的角色了，用新角色吃饭，所以才会格外有趣。

按游戏规则，宠物是不能夹菜的，要主人给他们夹才行。

小香咕是厨娘，她自己都顾不上吃了，忙着喂自己的那些宠物。

"汪汪，我要香肠。"

"喵喵，给我两个冻虾。"

"好的，来了，来了，多吃点，长大点。"香咕忙着为自己的宠物服务，额头上都是汗，还是兴致勃勃的，大家叫她"爱心厨娘"，都喜欢围绕着她。

何桑就不一样，她把高庄抢过去后，什么也不想管，因为她自己把大盘冻虾端到面前，左右开弓，猛吃起来。高庄让她夹点菜，她给他一块比萨就不管了。过了一会儿，高庄又要她夹菜，她倒好，把剩下的虾头给他几个，还说："宠物怎么能和人吃得一样好呢，多吃些虾头，你就会有花头。"

可是从吃大餐起，这个家就没有消停过，家里的电话隔五分钟就响一次，一会儿是刁莉莉的爸爸打来的，催她马上去医院检查，一会儿是刁莉莉的妈妈的遥控指挥。

刁莉莉被他们烦死了，不愿意去接听，她真的很窝火呢，所以听电话就由刁婆婆包干了。刁婆婆接的电话都是一道道命令，所以她只能大声叫刁莉莉听令。

"莉莉，你妈妈说，不能吃很多冻虾，每人五六个就可以了，不消化了会呕吐的……"

"不会吃了，"刁莉莉说，"抢光了。妈妈说得不对，何桑一口气吃了三十七只虾，我数过了，她只吐出三十七只虾的脑袋。"

高庄和车大鹏就说起了怪话："何桑好奇怪，怎么像

长嘴鹈鹕似的拼命抢虾吃。"

一会儿，电话又响了，是金领爸爸打来的，这下刁婆婆大声叫起来："莉莉，你爸说要叫救护车，把你送到医院去！"

"我已经好了，不用去了。"刁莉莉说。

刁婆婆听了一会儿，又说："你爸说不行，要你马上去医院。"

"不听，不听，"刁莉莉说，"快把电话挂了。"

刚把金领爸爸这边的电话挂断，刁莉莉的美丽妈妈又来电话了，所以接电话的刁婆婆又叫起来："莉莉，你妈说，你们不能用脚去踩地毯的！"

"没有踩呀，我保证谁也没有用脚去踩地毯，"刁莉莉回应说，"都不高兴去踩。"

刁婆婆把话传过去，一会儿又把那边的话传达过来："莉莉，你妈表扬你，说你多听她的话呀，知道她的心思呢。"

"不过，我们在地毯上玩倒立，现在全在玩呢，"刁莉莉说，"很开心的。"

"是这样呀。"刁婆婆说，她马上对刁莉莉的妈妈学了一遍，随后说，"莉莉，我告诉你妈妈了，她说要崩溃了，她受不了你们这样。"

"我们怎么了呢？都听她的话，饭前洗手，不用脚踩地毯，我们都做到了。"

刁婆婆生气地说："我也受不了你妈妈，她要问，你们刚才吃完大餐后洗没有洗过手呀？你们碰她的地毯，她就不自在了，我该怎么跟她说呢？"

"你就说，他们在饭前洗过手了，这样就能用手抓着香肠吃，比赛谁能用两个手指剥虾。妈妈从来也没说吃完饭还要洗手，怪她不告诉我呢，不过，他们现在已经不高兴玩倒立了，他们进卧室去玩捉迷藏了。让何桑做抓人的海盗，因为她力气最大。"刁莉莉说得振振有词。

刁莉莉的妈妈后来又说些什么，香咕他们就不知道了，因为刁婆婆不愿意再接电话了，她把电话搁起来，开始安静地看那些她喜欢的书。刁婆婆和别的大人不一样，嘀咕说："好好玩吧，十岁的小孩，正是淘气顽皮的时候，玩吧，玩吧。"

听到刁婆婆说这话，香咕他们很心安理得了。他们正打算对付何桑演的海盗，一个个缩着身子，藏在各个角落，那块大地毯在他们眼里就成了海洋。

可是等了一会儿，海盗都不出现。

这时，听到窗前有呜呜的喇叭声，好像是救护车来了，而且听到有人高声提到刁莉莉的名字。男孩们从床底下钻出来了，女孩们也不再"隐身"，都跑出来看个究竟。

真的呢，是一辆救护车，从车上跳下来好几个戴口罩

的医生，他们直奔刁莉莉家来了。

原来刁莉莉的金领爸爸发现家里的电话突然断了，以为是刁莉莉的毛病又犯了，心急如焚，干脆叫了救护车上门。

"我好好的呀！"刁莉莉气呼呼地说，"我爸爸最怕我生病，死掉。医生，你们回去吧，这里每个人都好好的，我们还要玩呢。"

"慢一点，慢——哎呀，疼呀。"有人说话了。

原来是何桑，她倒在沙发上，好像已经不行了，像一只大虾似的弓着背，捂住腹部，嘴里连声叫疼，说话还气喘吁吁的，难怪香咕他们躲了很久也没有遭遇到海盗。

"她吃什么了？会不会是食物中毒？"一个医生问。

"她吃了好多冻虾，她的碗里剩下三十七只虾头呢。"车大鹏说。

"远远不止三十七只呢。"高庄说，"有好多虾，她连虾头都吃下去了，我亲眼看到的。"

结果何桑被救护车拉走了，她都病成这样了，还在摆厉害要威风呢。临走的时候，大家和她道别，生气得不得了的何桑还发狠呢，对她的"宠物"高庄说："我要教训你，谁让你说了我吃虾的秘密。"

何桑还使劲地朝香咕白眼睛，说："小香咕，你在看我笑话吧？我生病是你诅咒的吧？……哎呀，哎呀，我要报复，报复。"

六 被 考 "焦" 的 模 拟 大 队 委 员

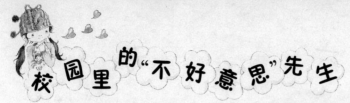

校园里的"不好意思"先生

这段时间里，香咕、刁莉莉、车大鹏，还有高庄、梅花都要有变化，不变也不行呀，这是"不好意思"先生规定的。

他这么说："你们参加竞选，是有勇气的表现，老师为你们叫好。既然参加竞选，就要展示你们的实力，这样吧，要考验你们，你们每人要模拟着做大队委员，按这要求使自己进步，做出说出来很响亮的事情，也让大家看看你们是够格的，不要被考'焦'呀。"

放学后，高庄来找香咕和梅花，说："车大鹏有点变化。"

梅花说："不但是他呀，我们也要面对这件事情的。"

高庄前后看一看，确定没有人在一旁听，这才把车大鹏的担心说出来：

"他觉得竞选大队委员太难了，可是已经报名了，退出会被刁莉莉他们笑话的，这就是他的变化。"

香咕他们和高庄一起去找车大鹏，发现他也不想回家，站在路边对着来往的汽车骂骂咧咧的，说："讨厌的汽车鸣笛声，你们就不能好听一点吗？总有一天，我要发明音乐笛声，把你们统统淘汰。"

香咕他们跟他说话，他不说话，也不笑，看来心情很沉重呢。

"你一定要加油。"香咕说。

梅花也说："我都不怕，你怕什么？"

"谁怕了？谁怕了？"车大鹏的嘴巴不饶人。

过了一会儿，车大鹏从沮丧中摆脱出来，开始有说有笑了。他说起从车大鸿妈妈那里听来了一个说法，原来，刁莉莉的妈妈是不答应让小孩们上门去玩的，是刁莉莉的爸爸非要那么做，他想让刁莉莉和同学们搞好关系，学会沟通，还说这在国外叫EQ，也就是情商的意思，对孩子成长很重要的。

"那天，刁莉莉的妈妈下班后在地毯上找到好几个脏手印，她气坏了，骂了刁莉莉，还和刁莉莉的金领爸爸吵了一架，怪他出了一个坏主意。"

香咕听到这个消息，对金领爸爸的印象变得很不错了，因为她感觉到金领爸爸那么爱刁莉莉，觉得很温暖，因为香咕的爸爸也是这么疼爱香咕的。而最爱她的爸爸生了病，她时刻为爸爸担忧着，可是她还是希望世界上多一些好爸爸，她看见那些好爸爸，就会更爱自己的爸爸，因为自己的爸爸总是最好的呀。

车大鹏还说："我的魔鬼老哥说，刁莉莉的爸爸是想让我们都选刁莉莉做大队委员，香咕，你说是不是呀？"

"你说呢？"香咕问。

"我问你呢。"车大鹏说。

"在刁莉莉家度过的那天过得很快乐，也很特别，我

觉得刁莉莉比印象中可爱了，也许人和人要常常在一起才会更友善。"香咕说。

"对呀，"梅花说，"别的同学也是这么想的，来请刁莉莉去自己家玩的人变得很多了呢。"

"你们变了，"车大鹏说，"我就不想改变。我要当大队委员，就是不想让刁莉莉选上大队委员，她最喜欢管人，把人都管死了，还虐待我们男同学。"

车大鹏决定马上试着来模拟当大队委员，他不想等很久，怕自己变卦了。回家后他跟他的两个堂哥王子老哥车大鸿和魔鬼老哥车大伟商量。不料，他被魔鬼老哥一顿嘲讽。

车大伟还跟车大鹏打赌，说："你是瞎起劲，肯定选不上的。"

车大伟这个人最喜欢打赌，要是他打赌会输就好了，可是他总是赢的，从来没有输过的记录。

"要是我选上了怎么样?"车大鹏直着喉咙咆哮。

"我们打赌，谁输了，就在操场上倒爬三圈。"车大伟说，"你爬的时候我来给你当拉拉队，还要给你拍照呢。"

听魔鬼老哥这么说，车大鹏非常气愤，要和他拼了。没想到车大伟更凶了，指着车大鹏，说他再这样下去，这辈子就完了，什么事情也干不成。

而王子老哥就不一样，车大鸿这次也是大队委员的竞选者，只不过他是五年级的，而且他是一个受到全世界的人爱戴的好学生。对于车大鹏参加竞选，他一句怪话也没有说，只是很诚恳地说："你要先做成一件好事情，让别人看到你在改变，然后再一件事一件事地去做。"

车大鹏把这句话听进去了，想马上做成三件事情，不当虎头蛇尾的怪兽了。

车大鹏是赛仙奶奶的第三个孙子，他是这一带很出名的顽皮鬼，他到处打听有什么肯定能做成的好事情可以做，香咕建议他可以去照顾小葵花福利院的孩子。

"好，这是我的第一件事情，先做起来再说。"车大鹏说。

到了星期六，车大鹏拉着高庄和香咕一起出发。他最性急，出了大楼就奔跑着笔直向前，刚跑到小区门口，就和一个叫小毛充的男孩撞得人仰马翻。结果小毛充的脑袋上出事情了，一个地方瘪进去一块，另外一个地方凸出来一块。

小毛充爱哭，直哭得天翻地覆，气得车大鹏要打他。小毛充的妈妈毛经理听到哭声就跑来了，要送小毛充去医院检查。

"我也要去。"车大鹏说。在穿弄堂时，他毛毛躁躁的，不小心踩到了一条黑狗的尾巴。黑狗正在睡懒觉，它从噩梦中痛醒过来，失去了理智，大发脾气，咆哮着，张

校园里的"不好意思"先生

开嘴追着咬人。车大鹏逃得飞快，结果黑狗咬住小毛充的裤腿，把他那条新裤子的裤腿都咬烂了，小毛充受了惊吓，发高烧了。

车大鹏的爸爸很生气，罚他"关禁闭"，星期六一整天都不准他出门，把他的足球和水枪什么的也都拿走，要他在家"思过"。

车大鹏难过死了，他不怕挨骂受训，不怕罚他干活，就怕没人理他，他觉得自己失去了自由。他从楼上吊个吊篮下来，是给小香咕的，吊篮里面是一封求救信，上面写着："如果你是好心的小黄豆，请借我一只足球；如果你就是一个香咕，也请借我一只足球。我保证就是抱抱足球，让它陪着我。"

真拿他没办法，香咕看到家里有足球，是马明舅舅送的，就把足球放进吊篮里了。

就是这样，车大鹏也有办法把"顽皮"进行下去的。他躲在那里玩足球，结果力气用大了，一脚把足球踢向天花板，吊灯碎得稀里哗啦，雪白的天花板被砸出一个圆圆的大窟窿，露出了难看的木条和墙灰块，像扣下来一只破烂的吊篮呢。

赛仙奶奶气坏了，说要好好"修理"他，还跑来和香咕的奶奶商量，因为她们是无话不谈的"小姐妹"呀，可是她们想来想去，长吁短叹，最后都说："我们的脑瓜子用了六十多年了，它只愿意想开心的事情，还是让他的爸妈来教育他。"

车大鹏的爸爸妈妈怎么会袖手旁观呢，他们的脑子好，对策多，他们做梦都想要一个又乖又聪明的儿子，像车大鹏的王子老哥车大鸿那样就好了。

可是他们想啊想，把脑袋都快想破了，也没有想出什么新的高明的办法，因为从车大鹏出生到现在，他们把能想得到的办法都用过了，甚至有一年，他们还把车大鹏送到车大鸿家，交给车大鸿的爸爸妈妈来管教，可是同样的好办法，对车大鸿起作用，对车大鹏却一点用处都没有。

车大鹏的妈妈气哭了，在电梯里赌气地说，谁能帮他们教育好车大鹏，他们愿意把车大鹏过继给那人当儿子，还要奖励一笔钱。

这个消息当天就传出去了，刚刚从医院回来的何桑也到大楼里来打听，不过她只出了一个点子，想要奖励，并不想过继车大鹏，说他是个"讨人嫌的家伙"。

何桑说自己想出办法来教育车大鹏了，要车大鹏的爸爸妈妈把他打扮成女孩子的模样，这样能促使他文静一点。

香咕的表妹香拉嘴巴快，把这话传出去了。车大鹏听说了，吓得不轻，说他死也不要打扮成梳小辫、烫刘海、穿一身漂亮花衣的女孩子，他还大骂何桑呢。

大家也觉得何桑的这一套对惹是生非、精力旺盛的皮

大王车大鹏是不会有用的。

后来还是马莎姨妈出了一个点子，说车大鹏太好动了，都静不下心，不如让他去学学书法，以静制动，增加内涵。车家的人听说了，都觉得好。连车大鹏也说："可以呀，我喜欢书法老师教我泼墨，泼一下就是一张画。"

星期天，车大鹏就被送去了。教书法的是个瘦瘦的老先生，车大鹏去了之后感觉很好，因为他是很聪明的，他知道很多事情，有些事情连他的书法老师都不知道，比如地底下除了下水道还有中水道。书法老师脾气好，见车大鹏聪明好学就很喜欢他，车大鹏要给他"上课"。

车大鹏去学了几天书法，闯祸少了，没时间呀，写出的几个毛笔字也好看了一点。可是他的顽皮劲头还在，他喜欢在手掌上涂满墨汁，然后使劲拍在墙上，只过了两天，他的房间里已经有五十二只黑手印了。他说这是有用的，能吓唬大蚊子。

车大鹏的爸爸妈妈还有奶奶爷爷，知道车大鹏有好的变化，都很高兴，让车大鹏每晚都练习书法。他们想到是香咕的马莎姨妈想出了这个好点子，都非常感激她，真的要把车大鹏过继给她呢。

马莎姨妈说："好呀，我要的，我想胡马丽花就缺兄弟呢。"

胡马丽花也很高兴，她觉得车大鹏比他的两个哥哥都

好玩，好玩的男孩最好呀。

可是，刚过了一个星期，车大鹏又不喜欢练习书法了，因为他想马上做成第二件事情，要把那些淘气的、被人嫌弃的小男孩全组织起来，成立一个"空中足球队"。当然，是踩着高跷来比赛，因为他们虽然很有本事，但还是飞不起来的。

"等他们的力气用完了，开心了，就不会到处捣乱，"车大鹏说，"这是别的模拟大队委员想不到的事情呀。"

真的有不少小男孩来参加，什么林铁蛋、小毛满、林杰、小黑人月亮，甚至吃过车大鹏苦头的小毛充也来了，他是小毛满的堂弟。

车大鹏让高庄当队长，自己当主教练。他们设法找了很多木棍，做成高跷。

不过，这个主教练太严厉了，一定要空中足球队的队员们身穿蓝色的球服，说那是代表宇宙和飞翔的，他说："不然，就滚蛋。"

林铁蛋只有白色的球衣，急了，在自己的白色球衣上洒了半瓶蓝墨水，变成了蓝色大花的球衣，估计全世界都不会有的。

"开始练习。"主教练一声令下，他制定了新规矩，踩在高跷上怎么过人，怎么传球。他又规定那个小毛充只能做候补队员，帮大家捡球，他说："你这个小哭孩，要是从高跷上摔下来,你妈妈会不得了呢,要一口吃了我的。"

"我就要当真的队员。"小毛充说。

"那好,你就写一个'生死约定',摔下来拉倒,死了我也不管。"车大鹏粗鲁地说。

主教练车大鹏打球时特别喜欢骂人,他骂守门员林铁蛋瘫痪了,骂前锋林杰冻僵了,对高庄也说很多难听的话,但是他自己踩着高跷跑,把一只鞋子也跑掉了,却不怪自己,还怪队员们把他气疯了。

那些人全都灰溜溜的,不想在空中足球队踢球了,而且林铁蛋的奶奶和小毛充的妈妈都找来了,她们正好碰在一起,把这件事情传扬开了。

林铁蛋的奶奶是带着那件"蓝花球衣"来找车大鹏赔偿的,而小毛充的妈妈毛经理是来讨个说法,因为小毛充天天催她写"小毛充死了拉倒"的条子交给车大鹏。

这下,车大鹏无法做老大了,干脆宣布空中足球队解散。

剩下的男孩们舍不得解散,继续办起了"地上足球队",选高庄做主教练。他们天天练习,球踢得很愉快,人也精神了,而且还有了很好的拉拉队,那是香拉她们这些小女孩组成的,她们当起拉拉队来喜欢大呼小叫的,所以这一带都知道高庄办了一个很像样的"地上足球队"呢。后来,连"不好意思"先生都有耳闻,他表扬高庄有

校园里的"不好意思"先生

了带头人的意识，说男孩子在运动场上能接受别的孩子的挑战，在大汗淋漓中学会交上朋友，增强团队精神。

车大鹏认清了自己的身份，又慢慢地回到地上足球队，做了队长，也不随便骂人了，不然会被高庄开除的。

他发誓马上做第三件事情。

过了两天，只要下了课，如果谁看到校长先生沿着操场散步，总会看到有一个男孩紧紧地跟随在他身后，踩在他的影子里面走路。那不是别人，是车大鹏，他想要说服校长和他比赛。

"比什么呢？"校长问。

"我要和你比一比谁知道的事情多。"他说。

"哦，真的吗？为什么呢？"

车大鹏说："请您答应吧，如果别人知道我和您知道的事情一样多，就会对我改变看法呢，我就想找您这样的PK一次呀。"

"可是，你这个主意没什么大的意义呀。"校长说，"你想要确立自我，有很多好的点子呢。"

车大鹏说："不试一试怎么能下结论呢，您就答应我吧。"

校长不答应，于是车大鹏就天天找校长磨嘴皮子。校长到操场上散步，他就跟在后面，也不说话，当校长的小尾巴，踩在校长的影子里走路，别人还以为他是怕热，躲在校长身后的阴凉里呢。

终于有一天，校长忍受不了啦，告诉"不好意思"先生，不让车大鹏再这么跟着他了。

"不好意思"先生对车大鹏说："不要这样啦，我看你像是在跟校长抗议呀。"

"步老师，请你帮我去要求好吗？"车大鹏就是坚持着。

不知道"不好意思"先生是怎么说的，后来校长答应了。"不好意思"先生自告奋勇去当裁判，还把香咕、刁莉莉、高庄，还有梅花这几个报名参加竞选的同学也带去了。

"好了，PK开始了。由车大鹏先提问五个问题，校长来回答。然后校长提问五个问题，车大鹏来回答。双方以回答问题的准确率记分。"

"太好了，同意。"双方都说。

车大鹏故意找很难答的题，问："您说，软体虫会得神经根炎吗？"

校长笑一笑，说："不会，因为这种爬行动物没有内骨，靠环肌和纵肌收缩，波浪式爬行。"

"回答正确，得分。"

"我问您，"车大鹏说，"猴子有精神压力吗？"

"有的，当猴子寂寞时，就会产生精神压力。比如猴

校园里的"不好意思"先生

子里分严格的等级，社会地位悬殊。处于支配地位的占据了很多食物，能接近母猴。地位低下的长期处于压抑状态，更容易感染疾病。"

"回答正确，得分。"

车大鹏转一下眼睛，问："校长，您是教什么课的？"

"我教中学的生物和化学。"

"回答正确，得分。"

车大鹏决定改变问题，难倒校长先生，他问："我们三年级语文书里有没有一篇叫《麻雀》的课文？有，还是没有？"

校长想了一会儿，说："有的。"

"回答正确，得分。"步老师说，"车大鹏，还有最后一个提问机会。"

车大鹏也不慌，自信满满的，说："那您说说，这篇课文说的是一个什么故事？"

"这个……"校长说，"最后一个问题，你为什么不找个难一点的提问呢？我没有教过语文，你还是找步老师提问，他比我在行多了。"

"就问您，"车大鹏不依不饶地说，"就问您。"

"哦，《麻雀》里写了'我'的猎狗要咬小麻雀，突然，小麻雀的妈妈像石头一样掉在地上，保护着小麻雀。'我'很惊奇，连猎狗也吃惊，它一步一步后退……这篇课文歌颂了伟大而无私的母爱。"

"回答正确，得分。"

"哎呀，哎呀中，"车大鹏说，"您怎么连三年级语文课上的故事也知道呢?"

"到底是一校之长呀。"梅花说。

香咕说："真是一个用心的校长。"

轮到校长提问了，校长说："你好像对动物呀、昆虫呀比较感兴趣，那我就问你飞禽走兽的问题，动物病了会自我治疗吗?"

"会，"车大鹏说，"好简单呀。"

"回答正确，得分。"

"关于动物会自我治疗，能举具体的事例吗?"校长说，"举出一个事例就可以。"

"这……"车大鹏垂头丧气，"我……"

"不好意思"先生说："你只知道会和不会，不知道更深一点的道理吧。好，没有答出，不得分。"

校长还给车大鹏讲解，说："比如黑猩猩就知道多种药用植物，岩高兰能像抗生素一样对付腹泻，打下肠道寄生虫。"

后来，校长尽量问了车大鹏一些对学校和同学的想法，一些使他不至于张口结舌答不上来的问题。

等PK结束，校长不让"不好意思"先生公布输赢，

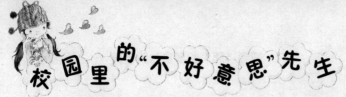

校园里的"不好意思"先生

怕车大鹏难堪。他表扬车大鹏那么有勇气，还问车大鹏："你是不是愿意尝试改变一些方式？不光是知道，还要在脑子里多设一些小问号，学得更灵活，更清晰，更深入一点。"

"好的，我知道了。"车大鹏由衷地说。

校长告诉车大鹏，其实刚开始的时候，他想尝试着答不出车大鹏的问题，因为他好奇，当一个被学生考"焦"的校长，会得到孩子们怎样的对待。

"是我被考'焦'了，"车大鹏说，"很有意思呀。"

七香咕的心

高庄他们都在暗暗使劲，做模拟的大队委员，香咕当然不能落后呀。星期六和星期天，她想去小葵花福利院照顾那些有病的孤儿，她的马莎姨妈就在那里当义工。马莎姨妈非常高兴小香咕能和自己一起照顾那些孩子，给他们唱歌，讲故事。

可是到了星期六，香咕去不了啦。因为外婆的"小姐妹"凤仙婆婆病重，小张舅妈介绍过去的保姆做事情重手重脚，不会照顾病人，所以外婆和外公要去照顾病人。他们想把小表妹香拉一起带去，可是香拉不肯，说："我要给林铁蛋他们当拉拉队，今天有两场比赛。我们不使劲叫，他们就输了。"

是呀，香拉带领的拉拉队很强的，她们太能叫了，虽然个子都小小的，可是力气不一般，大呼小叫起来声音震耳朵呢。

外婆让香咕帮着她照顾香拉，香咕只好陪香拉去看地上足球队的比赛。比赛前，香拉她们拉拉队还和地上足球队的人拌嘴，怪他们没给足球打气，怪他们不早点来练习。足球队的人也怪拉拉队的人话太多，很烦的。后来比赛开始了，他们马上和好。

林铁蛋他们到了足球场上一个个生龙活虎的，香拉她们拉拉队也是精神百倍。

林铁蛋他们打赢了第一场比赛，香拉她们最高兴，大叫：“铁蛋，铁蛋，敲碎软蛋！”

后面的一场比赛，林铁蛋他们输给对手了，那就不妙了，香拉开始和林铁蛋、车大鹏吵架，怪他们是臭脚踢臭球，让她们拉拉队很没有面子。

香拉平时天真可爱的，可是一吵起架来真的很凶，张着嘴巴哇哇吼叫，就像大狮子。

林铁蛋看见香拉变成大狮子了，拼命地逃，叫着：“缺德鬼的老婆来了！”他把凶的女孩子都叫“缺德鬼的老婆”，也不知道是跟谁学的。

香拉很生气，决定不给林铁蛋他们当拉拉队了。回到家以后，她想自己练滑冰，又想自己组织一支女孩羽毛球队，把林铁蛋抓过来给她们当拉拉队，不然，她的气就消不掉。

香拉眼泪汪汪的，就怕被她的同桌林铁蛋看不起，因为以前一直是她比林铁蛋好，小杨老师还叫她帮助他，如果现在反过来，她可受不了。

香拉见香咕在整理房间，说自己也要来理，可是香拉理东西会越理越乱，理到后来东西多出来好多，香拉把自己的铅笔盒子都理得找不见了，只能越翻越乱。

香咕生气地说：“就像重新搬了一次家。”

后来，香咕学着做蘑菇汤，因为外婆已经为她们准备了两大袋子切片面包和一大盘香肠，一大盘黄瓜，只要做

一个热汤，四个女孩就能有一顿丰盛的午餐。

可是香拉闲不住，她也想参与做饭，她说："我要开一个小面包房，就在自己家的厨房里开。"

她把外婆买来的切片面包捏成了一个个桃子。还有几片捏成手印面包，面包上还滴了些草莓酱、一点香肠末呢，她说："以后我的面包店天天给你们做好吃的面包。"

结果，因为香拉做的桃子面包和手印面包有卫生问题，大家都不吃这些面包，香露还把桃子面包叫成"受气桃"。

香拉很生气，说："不吃饭了。"

大家怎么劝都不行，只好给马莎姨妈打电话。马莎姨妈知道后对香咕她们说，要鼓励香拉，她是想自己有一双巧手，能为家里人做面包，只是还不懂怎么把事情做好，她说："对香拉说一句好听的话吧，赞美的话像香水，滴在别人身上，别人很愉快，自己也会沾上一点香味呀。"

马莎姨妈还特意买来了做面包的坯子，大家洗干净了手，跟着马莎姨妈一起动手做面包。

她们精心制作，做出了好看的仙桃面包、豆沙的巧手面包，还有彩虹鸡蛋面包等等。马莎姨妈让胡骄姨父开着车，把香咕她们自制的热面包送到了凤仙婆婆的病床前。凤仙婆婆很喜欢，一口气吃了一整个呢，把外婆高兴坏了。

校园里的"不好意思"先生

马莎姨妈还约香咕她们星期天再来做，亲手把热面包送到小葵花福利院，她说："小孩们会说这家面包店的面包真好吃，他们是最慷慨的，不会吝啬表扬的。"

香咕说："能不能把梅花和刁莉莉也叫上？我们都要改变呢。"

"好的，好的，"大家都说，"带上她们。"

香拉偷偷做了一只铁蛋面包送去给林铁蛋，那面包又大又硬，香拉在里面又放盐又放糖的，但是林铁蛋高兴极了，他舍不得吃，留着做"怪兽下的蛋"。他知道香拉已经不生他的气了，就大摇大摆地跑来了，邀请香拉再去做拉拉队，香拉说："好呀，好呀，我要像一只蝴蝶一样飞出去了。"

可是林铁蛋他们的地上足球队星期天是去森林公园，很远的，要换好几辆公共汽车。他们赶过去是要和林铁蛋的表哥他们的足球队比赛，香拉居然一定要去那边当拉拉队。

当天晚上，外婆从医院回家，听说了这件事情后就慌张起来，很不放心的，因为香拉是她的"心肝拉拉"，又是她的"拉拉心肝"。

外婆说，"拉拉心肝，你就不要去了，跟着你马莎姨妈做热面包多好玩，做好了送到小葵花福利院去，还能得到表扬呢。"

"不要，我就要去当拉拉队，"香拉说，"不要呀，不要呀，我要去。"

外婆没办法了，只好给她准备伞，找出了水壶，还叫外公马上去买酥饼、酸奶，还有香拉爱吃的零食，再加两盒满天星什果冰，还有一大堆出远门才用得着的东西。

"我背不动的呀。"香拉说。

"没关系的，"外婆说，"叫外公跟着你，做保镖。"

"不要呀，不要呀，"香拉大吵大闹，"我不要保镖，我要像蝴蝶一样飞出去了。"

香咕觉得很吃惊，别看香拉有时候装得很厉害，满不在乎，没有礼貌，在路上看见大胖子就叫"猪八戒"，其实她很依赖家里人的，独自走在路上很胆怯的，低着头不敢看生人的脸，半夜都不敢一个人上洗手间。但是最近香拉有了各种各样的想法，一会儿想变成一个外国的公主，一会儿又想变成宠物，怪怪的。

"真的不要外公去？"外婆说，"拉拉心肝，你不怕迷路了，找不到家吗？"

香拉摇摇头，说："我不怕。"

外婆只能教给她出门的"本事"，教完以后还要演习几遍，说："要是有个陌生人过来对你说'小妹妹，我给你吃糖'，你怎么办？"

"我不要吃，吃糖要变胖子的，"香拉回答说，"我以

后要跳芭蕾舞的。"

"如果陌生人说'是你外婆来叫你跟我回去',你怎么办?"外婆说。

"你不要叫陌生人来叫我呀。"香拉理直气壮地说。

"拉拉心肝,你怎么还不明白?我和你说不清楚呢。"外婆着急地说。

香拉一听,钻到桌子底下去了,她生气了才往那里钻。

"拉拉心肝她长大了,也有担心和孤独了。"外婆说着,心疼得不得了,"她内心想要的东西不说出来,别人不知道,她就会更孤独。"

外婆试不出来香拉的深浅,心里更急得不行,只好叫香咕和香露来代替她劝慰和试探香拉。

香咕说:"香拉,你像蝴蝶那样飞出来好不好?"

"飞出来就飞出来。"香拉高兴地说,开始喝橙汁呢。

香露耍滑头,躲在

拉岛间里打扮了一番，看上去像是古怪的野人，她蹑手蹑脚地走出来。

"站住，于香拉！"香露忽然大声说，"乖乖跟我走，不许叫，不然我就……"

"啊，坏蛋！"香拉大叫一声，把手里的橙汁朝香露泼了过去。

香露洗了个橙汁澡，说："真倒霉。"

"好呀，好呀，"外婆还高兴了，说，"我的拉拉心肝真勇敢。"

第二天早上，香拉出发了。外婆让外公跟着去，可是不能让香拉知道，不然的话她会又哭又闹的，所以外公戴上了礼帽，披上风衣，手里拿大报纸，尽量不像外公，像别的老爷爷。他弄得真好，像侦探一样，跟着香拉他们换了几辆车，居然没有被发现。

马莎姨妈来了，带领香咕她们一起做面包。后来刁莉莉和梅花也来了，大家又做又烤，热火朝天。就是外婆没有心思，不停地打外公的手机，问："喂，到了吗？拉拉没事吧？"

"已经到了森林公园，"外公说，"不过，林铁蛋的表哥他们不想比赛了，他们正在玩，没有别的事情可做了。"

外婆说："但愿他们别去小河边。"

"你料到了，他们已经在河边捉小鱼了。"外公说。

校园里的"不好意思"先生

"当心，别让他们掉进小河里，"外婆说，"多危险。"

"现在，香拉和林铁蛋他们都去河边的'反斗乐'了，爬得老高。"

"你要想办法，"外婆说，"香拉这么小，爬上去后不敢下来了怎么办？拉拉心肝如果有什么闪失，我还怎么活呢。"

"你不要急，有我呢，"外公说，"我来想办法。"

过了一会儿，外婆再打电话，听了电话后眼泪就流出来了，说："老头子，老头子真是不容易呀。"

原来可怜的外公开始跟在小家伙们的屁股后面往上爬。小孩们很容易从一个个网洞和障栏上翻过去，可是外公不行呀，他翻不过去，好几次都差点要卡在那里了。

很快，外公把紧急电话打过来了，说别的小孩都在，就是香拉和林铁蛋逃走了，不见了。外公找来找去的，担心香拉他们会迷路，可实际上他也迷路了。

"小孩丢了，大人也丢了，"外婆说，"这可怎么好？"

马莎姨妈立刻出发，打了车要去找寻香拉和外公。香咕想了想，只能请大家代替她把面包送去，自己陪马莎姨妈去找香拉和外公，因为这是一种责任呀。

后来香咕和马莎姨妈在公园附近的陶吧找到了香拉，原来他们一起去做陶艺了。外公知道香拉找到了，就独自回家来，因为外婆让他保密呀。

　　一路上，香拉不停地说："很有意思的，先做泥板，用机器做好小罐子，再上色，上完了色去窑里烧。"

　　她把做成的一个小罐罐给香咕看，罐子做得一般，上面有手印的。香拉把这罐子送给外婆，外婆用它来装棉花棒。

　　香拉还对外婆说："我在玩'反斗乐'的时候遇上坏人了，有个坏人冒充外公，冒充得很像很像的，跟真的一样。我吓死了，拉着林铁蛋拼命逃，总算把他甩掉了。"

　　外婆给香拉换衣服，坐好，最后大家看到的是香拉乖乖的样子，没看到香拉惹出的麻烦，也没有看出成长的不容易。

　　外婆外公都没有说出"坏人"的真相，看来小孩以为自己很快地长大了，可实际上，长大的背后还藏着很多秘密呢。

八 梅 花

这一天，是香咕妈妈的生日，香咕从早上起就在等着爸爸妈妈的电话，可是马莎姨妈打来电话，说香咕的爸爸刚刚动了一次手术，她告诉香咕："你妈妈说不能出来和大家在一起度过生日了，今年就在心里纪念吧，明年好好过就是了。"

香咕说："马莎姨妈，我很想去看爸爸。"

"好孩子，你的心意爸爸妈妈都知道了，"马莎姨妈说着，轻轻地抽泣了，"再等几天好吗？"

后来香咕听到外婆给车大鹏的奶奶打电话，说着："我女婿很想孩子，可是就不让香咕去医院，多可怜呀，他的意思是让香咕不再思念他，要她习惯没有爸爸在的生活，不然，他更不放心。老天，我这女婿多有责任心呀，要是能让他活下来，我什么也舍得呢。"

香咕知道了这一切，偷偷地流着眼泪，为了爸爸能安心，她强忍住了，没有打电话过去。

梅花是小香咕的同桌，她知道香咕很想念自己的爸爸妈妈，所以常常安慰香咕，她看到香咕脸上有泪痕，就说香咕的爸爸妈妈是爱她的。梅花还提醒香咕说："你没有忘记吧，在你收集了鲜花，把做好的鲜花枕头送给你爸爸的时候，你爸爸说什么了？"

"他说，有这样的女儿，心里真温暖呢。"

"就是呀，你好好的，你妈妈和爸爸就会觉得很温暖呢。"梅花说。

"我妈妈今天过生日，可是我没法为妈妈过生日了。"香咕说。

"有办法呀，没有真的生日蛋糕，我们可以画一个纸上的蛋糕呀，画那很漂亮、好几层的生日蛋糕怎么样？"

她们两个共同完成了一幅画，上面有蛋糕，还有好看的鲜花、钢琴、丝巾、小风什么的。

等画完这一切，香咕的心里才好受一点。

这时，刁莉莉走过来，抬着下巴？说："小黄豆，我已经做过模拟的大队委员了，你们还不知道吧？我让金领爸爸包了两辆大巴，赞助小葵花福利院的孤儿去春游。"

"真的，你做了一件好事情。"香咕说。

"可是，你们呢？快行动呀，不要什么都不干。"刁莉莉傲慢地说。

等刁莉莉走开之后，梅花叹了一口气，说："刁莉莉有个金领爸爸就什么也不缺了，有吃有喝有玩，连竞选他都包下来了……"

梅花为了竞选的事情，一直忧心忡忡的，她觉得自己还没有做过什么说出来很响亮的事情。她说："我妈……真是太，太奇怪了，我觉得……她真的很糊涂的，买了好几斤糖，让我分给大家吃，高庄说不好，这是拉选票呀。"

香咕听了，忽然有了灵感，就说："你可以跟校长提

建议，选大队委员的时候用糖果做选票，选谁就在谁面前的盘子里放一颗糖，这样会又有趣，又热烈，还会很难忘，成为童年的好记忆呀。"

"你去说吧，"梅花说，"点子是你想出来的。"

"还是你去说，这样你能和刁莉莉一样，做到模拟大队委员要做的事情了。"

"那么，你呢?"梅花问香咕。

香咕说："开动脑筋，再去想，总能找到有意思的事情的。"

小香咕没有对好朋友说灰心丧气的话，因为她们是好朋友，应该互相欣赏，相互分忧，她不想把心里的苦涩倒给梅花。

梅花点点头，她还在为自己的表哥高庄担忧，说："他应该被选上的，你也是，我呢，选不上也没关系的。"

梅花很佩服高庄，说高庄很有脑子，还很有人气，默默地把地上足球队团结起来。香咕也听说，自从见到刁莉莉的金领爸爸后，高庄立志要更加努力，将来让吃了很多苦的妈妈过另一种生活。现在他天天凌晨起床帮妈妈扫大街，每个周五晚上他妈妈去海鲜店里洗牡蛎，他也一起洗，结束后把妈妈护送回家。高庄还很会照顾收留他们母子的拐杖婆婆。

香咕还知道，梅花对高庄很愧疚，高庄是她的表哥，她的爸爸是高庄的舅舅，两家人应该很亲的，可是因为高庄的妈妈是扫地的清洁工，还在海鲜店里洗牡蛎，所以梅花的妈妈怕丢脸，很嫌弃他们，还不让梅花和高庄母子来往。

可是高庄不自卑，他看到了香咕和梅花画的生日蛋糕，了解了这些情况，放学后就邀请香咕和梅花到自己家去，让他的妈妈煮东阳煨面。

高庄的妈妈心肠很好的，她愿意为另外一个妈妈煮生日面条，她煮面条的手艺很高的，还在里面放了虾干和青菜、鸡蛋、肉丁和切碎的韭菜花，生日面条鲜美极了。她们坐在小院子里，一边赏花，一边品尝，小香咕说着："祝妈妈生日快乐，永远美丽。"然后一口气吃了三碗，吃得心里都是热乎乎的。

高庄的妈妈看了高兴，说："家里没有更好吃的，吃这个最好了。"

高庄见香咕接受他的邀请，笑呵呵的呢。他说帮助身边的人很有意思，而帮助自己的妈妈也有意思呀。

这时候，何桑路过这里，为了要让大家注意她的存在，她站在院子外面使劲咳嗽，发出刺耳的声音，说："小香咕在偷吃吧？当心噎死你。"何桑还说香咕肯定是选不上的，她要为刁莉莉助威，打败香咕。高庄听了之后很愤怒，让何桑马上走人。

何桑四处说香咕的坏话，说香咕阴险、吝啬，挑拨她恨自己的妈妈，还在高庄家偷吃面条，对女生不好，专门讨好男生什么的。有些不知道小香咕的人都跑来打听呢，香咕觉得心里像堵了一块大石头，想找何桑评理，可是何桑改变路子了，她看见香咕的身影就赶紧跑远了，不给香咕找她算账的机会。

这一天的升旗日，全校的师生都在大操场上站齐了，校长在讲话的时候忽然说到了香咕的名字。他说："香咕同学向我建议，选举大队委员的时候可以用糖果做选票，这显然是一种富于童趣的快乐的形式。我觉得很好，已经让总务科的老师去买糖果了，到时候，你们想选谁，就把糖放在谁的盘子里，选举结束后，糖果可以拿回班级，大家来分享。香咕有想法，并且愿意把好的想法与大家分享，这多可贵呀。"

全校都欢呼呢，香咕的脸红了。升旗仪式结束后，她紧紧地抱住了梅花，不想松手，她感觉到梅花那一片晶莹剔透的真挚心意。

九一分钟

友谊

校园里的"不好意思"先生

小葵花福利院寄来了表扬信，说刁莉莉为他们做好事，这下学校里都知道刁莉莉是很有爱心的了。

刁莉莉高兴得不得了，觉得自己是有名的候选人，完成了步老师的要求。下课后，她又活跃起来，打听同学父母的收入，再进行攀比，她连何桑妈妈挣多少钱也知道。

林杰说："很厉害呀。"

高庄不以为然，说："人家给她的都是假消息吧。"

刁莉莉天天戴着她的幸运宝石呢，觉得自己很幸运的。她从一年级起就当班长，很能干也很厉害，学习也不错，她长得也高，坐在最后一排，看上去就是大班长的模样。

刁莉莉打听到同学父母的收入后，总是说："钞票真不少呀，但是哪有我的金领爸爸多，我爸爸一个月挣几万元。"

刁莉莉的家里人都很阔气的，金领爸爸给她买笔记本电脑，美女妈妈给她买漂亮的衣服和头饰，她的袜子都是名牌的。她的奶奶是香咕的邻居刁婆婆，刁婆婆给刁莉莉买了新款的自行车后，刁莉莉的外公马上也送礼物，给她买听音乐的MP3，她的外婆不甘落后，买给她一只超薄的照相机。她们一家人花钱像流水一样，不懂得心疼，只要刁莉莉开心就好。

刁莉莉口袋里的零花钱也不少，有时候她要请何桑出去"喝一瓶",当然是喝好口味的进口饮料。

她喜欢的东西都是很成熟的,她放学后看到美女妈妈还没下班,就不穿自己的鞋子,把她妈妈的高跟鞋都找出来,有鹅黄色的、天蓝色的、粉红色的,还有一双是银色的,尖尖的,像带鱼鳞的海水鱼。她把它们摆开来,那些好看的鞋子像彩色船队似的排开来。她每一双都要试一试,在走廊上慢慢地扶着墙走,因为她妈妈的鞋子都是三十九码的,有时候她在高跟鞋的鞋尖里塞进一团丝袜,再穿上走路,就能走得很快了。她还学会了一边走,一边像模特儿那样扭动腰肢。听说她的目标是练习到穿着高跟鞋能飞跑起来,跟穿平底鞋一样。

她还喜欢摆弄化妆品,她妈妈把化妆品都放在橱里收好的,她像老鼠一样把它们都掏出来,模仿着妈妈的动作描眉毛,伸进食指把瓶瓶罐罐里的蜜呀霜呀挖出来,在额头和脸颊上涂抹着。她最感兴趣的是口红,涂得嘴唇又红又胖,抿起来像一个小红皮球。

但是刁莉莉也有一个毛病,那就是有时她没心思做功课,这几天她总说:"小香咕,帮个忙,作业本让我参考一下,重要的事情多着呢,我来不及了。你是不简单的小香咕,我到时投你的票。"

"可是,抄作业很不好呢。"香咕说。

刁莉莉不听,每天早晨她早早来到教室,摊开了作业

校园里的"不好意思"先生

本等着小香咕。等香咕来了之后，刁莉莉热情地拥抱她，说："我们的友谊真是不一般。"

然后她伸手打开香咕的书包，把作业本拿走了。

刁莉莉拿到作业本后就忘记香咕了，一边低头猛写，一边喜欢跟男孩子聊在电脑上下五子棋的事情，她说："我的电脑中病毒了，它一直在说'心，心，心，心，心……'就像小香咕那么啰唆。"

这天刁莉莉用完香咕的作业本之后，就去找何桑了，忘记还给香咕了。

上语文课时，步老师要同学们回答问题，问到课文《我种树》里的主题是什么，怎么理解。刁莉莉说了香咕的答案："表现的是对自然、对天空的热爱，对绿色世界的向往，课文很美的，像一幅水彩画。"

步老师又问小香咕，问完之后说："咦，你们的回答一模一样呀。香咕，你是不是受了刁莉莉的影响，觉得她的回答好？"

"不是，就算她不说，我也是这么回答的。"香咕说。

林杰说："就像双胞胎，有感应呢。"

大家都笑了。

刁莉莉也笑了，比谁都高兴，因为香咕没有说到她借作业本的事情。

香咕心里很难过，眼泪穿透了她的心。

第二天早上，刁莉莉又在那里等着香咕，香咕一到她就拿出一张粘纸送给她，说："我们的友谊真不一般，对不对？"

香咕鼓足勇气说："不，我不能把作业本给你了。"

"怎么可以呢？"刁莉莉说，"我没准备，我以为你会很看重友谊的。"

"可是，可是，"香咕说，"这样是不对的。"

"你想看着我丢丑吗？交一塌糊涂的作业吗？"刁莉莉说。

"今天我可以给你参考一下，但是从明天起，我不会再给你作业本了。"

刁莉莉老大不开心，说："你想和我绝交是不是？真是的。"

接下来的一天，香咕早早到了学校，可是她没有去教室，而是去学校的苗圃看一看，跟小花儿说话，看看天上的白云，看树上的麻雀们，分辨着哪一只是小麻雀，哪一只是它的阿姨、叔叔、好朋友。

接连好几天，刁莉莉都不理睬香咕，有时她看见香咕，好像看见了一团空气，脸上什么表情也没有。有时候好像是看见香咕了，只是抬起下巴，很傲慢地说："原来是小黄豆呀。"

香咕主动说："刁莉莉，你忘了吗？我们的友谊还很

校园里的"不好意思"先生

不一般哩。"

"我们是有过友谊，可是，只有半分钟，"刁莉莉说，"都怪你。"

有几次刁莉莉打电话到香咕家里，香咕去接了，她才说："哦，我打错了，不想打给你。"

香露说："刁莉莉怎么这样？这叫骚扰电话。"

到了星期天，香咕去少年宫参加一个朗诵表演，刁莉莉也去了。比赛的出场先后是抽签决定的，香咕抽到第三个朗诵，很靠前的，而刁莉莉抽到最后一个朗诵。

朗诵完的同学纷纷退场了，他们的爸爸妈妈很急地催他们离开，好像他们很忙，还有许多别的事情要做呢。

香咕朗诵后却没有走远，她要留下给刁莉莉当观众，如果除了评委，一个观众也没有，刁莉莉该多么寂寞呢！

刁莉莉看见人越来越少，变得坐立不安。等到她上场的时候，真的没有多少人了。刁莉莉一边伤心一边朗诵，结束的时候，听到台下有人在热烈鼓掌，原来是香咕，她还把梅花她们都叫来当拉拉队呢。

"我们的友谊不是半分钟的。"刁莉莉说。

"是的，"香咕说，"也不是一分钟，我希望是永远。"

校园里的"不好意思"先生

香咕听说"不好意思"先生要来家访了，因为香咕在朗诵比赛中得了大奖，他要送奖状来。以前的大杨老师就来过呢，香咕很喜欢大杨老师。大杨老师喜欢孩子，她的口袋里总装着奖品，谁得奖了，她就会拿出一个奖品送你。如果谁犯了错也不要紧，只要承认错误，答应改正了，她会奖一块巧克力。

香咕就得到过大杨老师的很多奖品，大杨老师送的小本子、铅笔，她舍不得用掉了，因为这不是普通的文具，是老师的奖品。

她喜欢大杨老师，还因为她漂亮，是一个美女老师呢。不过，新来的步老师也不错，他很风趣、亲切的，知道同学们叫他"不好意思"先生，有时就那么自称呢。

香咕的外婆外公也特别高兴，他们说要留送奖状的步老师在家里吃午饭。

周六一早香咕就起床了，把家里弄得特别干净，鞋子都排好塞在床底下，因为要给新老师留下好印象。外公还特意买了一些蜗牛，外婆说不敢弄，外公就说由他亲自下厨来做道法国蜗牛。

可是直到中午，步老师都没有来。

午饭后外公休息了，外婆去陪车大鹏的奶奶赛仙婆婆散步去，她们在一起有说不完的话呢。

香露她们想在一起做游戏。她们把床垫子的一头挪到地上，这样就能从床上滑下来呢。

叮咚，叮咚！有人按门铃。

香拉说："肯定是小张舅妈，我们来吓唬她。"

她们把蜗牛全放出来了，让它们满地爬，她们自己看着都觉得恐怖。

谁想到，门开了，竟是步老师，他看到了满地的蜗牛，就从它们中间跳着过来，说："不好意思，这是什么风俗呢？"

然而他还是很开心，他把奖状交给香咕，就和她们一起试一试那床垫滑梯。他滑下来的时候飞快，和路易驹压在一起了呢。

虽然香咕为步老师整理的整洁房间他没有看到，他看到的是香咕家里凌乱的样子，但是原本就是这样的，再说步老师很有兴致的，还帮着她们把蜗牛都捉起来，放回袋子里。

他说送一样礼物，但是这礼物不是什么文具，而是一个承诺，他问香咕有什么担心的事情，或者伤心的事情，如果有随时可以告诉他，他会帮她的，像对待好朋友一样。

"好的，好的。"香咕说。

步老师走后，刁莉莉来了，她给香露看神秘的短信。香露拉着胡马丽花、香拉在一起看，就是不跟香咕提起。

校园里的"不好意思"先生

"什么短信?"香咕说。

"没什么,没什么。"香露说。

她们三个还跟刁莉莉一块儿出去了,而且是跑着的,像四个待发的火箭一样。

香咕独自在家,干脆干起了活儿,她喜欢把家里弄得很干净,不够高的地方,踮着脚来擦。

在安静的环境里,她不由自主地想念爸爸妈妈,她幻想着爸爸坐在床边拉着手风琴,妈妈在一边唱着歌,他们都看着她。所以她干一会儿活,就朝床边笑一笑,招一下手,她想象着他们就在不远的地方。

傍晚的时候,香露回来了,见面就说:"香咕,快跟我走吧,我们的小妹妹香拉和胡马丽花找不到了。"

"她们在哪里丢失的?"香咕说,"和那个神秘的短信有关吗?"

"可能是藏在学校,"香露眨眨眼睛说,"对呀,和神秘短信肯定有关系。"

香咕跟着香露到了学校,穿过安静的教学楼的走廊,香咕忍不住叫起来:"香拉,胡马丽花,你们在哪里?"

当她路过自己教室的门前时,突然听到里面有笑声,她推开门一看,吓了一跳,几乎全班的同学都在场。

还有"不好意思"先生,以及香拉与胡马丽花。

"祝贺你获奖!"大家一齐叫起来,"我们来办一个特殊的班会。"

大家把课桌堆在中间，拼成一张长方形的大桌子，上面有蛋糕，还有各种自制的菜肴。车大鹏做的三明治谁都不喜欢，因为他在面包里加了水果，还加了老干妈辣干，还有一大勺辣椒酱。

刁莉莉带了一只萝卜，要给大家做拌萝卜丝，可是她切萝卜的时候，自己都不敢往刀那里看，弄得大家很担心。

特别有趣的是，"不好意思"先生为了庆祝香咕获奖，特意策划了一个动物联欢会，让自己养的两只小鸟黄莺和喜鹊说相声呢，他来"翻译"，演出很精彩。后来车大鹏要扮演小鸟，请步老师翻译呢。

这一天香咕很幸福呢，她更喜欢大家了。

过了一个星期，香咕他们班里就要从报名的五位同学中产生两名正式的大队委员候选人，那件大事情就安排在星期一。

星期六和星期天，香咕家是全家总动员。外婆和外公还是要去凤仙婆婆家，这一次他们要把香拉带去。香拉吵着不要去，怕没人陪她玩，只能一个人坐在茶几边吃东西，听老人们讲一些往事。小的时候，她觉得自己受到了特别的宠爱，能"和大人在一起"是很光荣的，而现在她不想去。

"你去吧，家里安静了，让香咕姐姐好好准备，到时能选上呢。"

"让我听一会儿呀。"香拉说。

周一推选的时候有辩论，还有就职演说，所以马莎姨妈要帮香咕练习一下。香咕很开心的，可爱的马莎姨妈一会儿扮成她的表姐表妹，一会儿扮成她的同学，帮助香咕熟悉竞选，以免香咕到时怯场。

"亲爱的香咕同学，"马莎姨妈说，"请谈谈你此刻的心情好吗？"

香咕羞涩地笑笑，回答说："我很快乐，教室里的花给我们的竞选添了很多生气。"

"添了很多生气！"香拉叫起来，"你为什么说生气？"

"不是的，我不是说生气，是说花的生气。"

香拉说："花也会生气，一定会的，它看见别人开花了就很不服气，心想，为什么没有我呢？这样一生气，它就开花了。"

"什么呀，什么呀，"香露说，"赶紧把香拉带走吧。"

后来香咕知道竞选者的家长都很重视的，暗暗在较劲呢。

车大鹏的爸爸也在帮儿子准备竞选，可是车大鹏觉得他爸爸的思路不好，总是问些傻问题，比如说："如果有人问你，为什么要参加竞选？说，你怎么回答？"

"我就说，想当老大，不想刁莉莉选上。"

"不能这么说，要说想多为学校做事情。"

"可是别人不会相信的。"车大鹏说。

"你反正就要那么说。对了，如果有人问看见小狗掉进荷花池里该怎么办，你会怎么回答?"

"没有人会问这个的。"车大鹏感到很孤独，把头埋在胳膊里。

"如果你没选上，会不会发火，烧自己的书，推倒桌子?"

"烦死了，烦死了!"车大鹏发火了，他最崇拜的人就是新来的"不好意思"先生，所以他在校园里找到住在宿舍里的"不好意思"先生，跟他一起踢球，还和他一起玩了一次电脑游戏"反恐"。他听步老师说说，想到的事情就和以前不一样了，他想变成一个独立的人。

回家的路上，他还和邻班的一个叫"大力士"的男生交谈了好久，结果被他妈妈看到了。

他的妈妈叫他以后不要和"大力士"在一起，因为那人爱打架。以前他是很听他妈妈的话的，可是现在他不听了，说："妈妈，你只叫我和成绩比自己好的人在一起，可是成绩比我好的大多数是女孩子。你让我找到了妈妈，丢了朋友。"

他妈妈说："不要让我再抓住你和他在一起。"

"好的，"车大鹏说，"我巧妙一点吧。"

车大鹏的爸爸气得要揍他，车大鹏就变得粗鲁了。

他的奶奶和妈妈说了他几句，他就顶嘴说："大人不要吵。"

他的妈妈说他没有礼貌，他就说："要实事求是一点呀。"

他妈妈气坏了，把他推出房间，他倒好，干脆把卫生间占领了，不肯开门，在那里住了下来。就躺在浴缸里，可是他只穿了一条单裤。

第二天，他又去找"大力士"玩，但是没玩好，被"大力士"狠狠地踢了一脚。他不高兴跟"大力士"交往了，因为"大力士"说了什么，他听不清楚，好像省去脏话就没有了。可是他还是睡在浴缸里，也不说自己和"大力士"已经绝交了。后来他妈妈怕他生病，只好让步，把厚被子垫在浴缸里，让那里比床上还要松软、暖和。

不过车大鹏在浴缸里医好了胆怯的病，他决定要做勇敢的孩子。

星期一到了，车大鹏上讲台去演讲。他讲得很好，因为讲的正是他心里想着的，他承诺如果有一天他当上大队委员，就请小香咕当搭档，那些放学领学生出门、收作业的事情他喜欢做，正好自己出去透透气，另外他还会和校长对话呢。

校园里的"不好意思"先生

在才艺表演方面，车大鹏也很有趣的，他假装捏鸡蛋，捏来捏去捏不碎，表演很逼真的。

他还介绍说自己的本事是很会理财，有一次他买魔方，花了二十元，照着魔方的说明书做成很像样的魔方组合，结果林杰买他的说明书，也花了二十元。

在说到自己的缺点时，车大鹏说自己最差的是英语成绩，但是缺点已经在改了。有一次考英语，他考到了九十九分，全班第一。以后他每天叫妈妈教他五个英语单词，全是初中的，所以等着瞧吧。

他真诚的演讲赢得了不少的糖果选票。

那天，香咕是第二个演讲。香咕说喜欢自己的生活，回家时她有时候常常一个人跟着太阳跑，跑到树林后面，太阳不见了，她再跑，发现还是要追，因为太阳不会站下。

她还说了，人有梦想，就像鸟有翅膀一样，而带给她梦想的地方就是小路沙沙。在那里，她会思考，还能听见小虫说话。她还说了友情、学习和学校环境什么的。

梅花他们热烈鼓掌，香咕没有想到自己有那么多的朋友，所以决定好好干。

那个推选会开得很迟，全校都放学了，他们班还在继续开会，大家说的是真心话，所以气氛特别好。

等香咕出校门的时候，校门口已经没有人了。

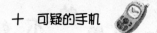

平时香咕的学校很多同学都是有大人接送的，但香咕是自己跑回家的。

街道太喧闹了，香咕喜欢自己一个人穿小巷走。小巷如小农场似的安静，她一个人走回来，看见小商店里也有一些漂亮的东西。她想象着马莎姨妈遇到漂亮的东西就走不动路似的，要看好久好久，走的时候还要回头张望。

远远地看见公交车站，也很有意思的，她看到车站前的空地就想："这里最好先不要造，留着，等我长大了，来造彩虹园。"

在弄堂口，她碰到小孩在玩"摸人大战"。大家叫"停"的 时候，

她也停下了。蒙上布的人摸到了她，怎么也猜不透她是谁，因为她是过路人呀。

在投币电话亭，她给妈妈打电话。这时下雨了，风声像老虎叫，雨点掉下来像黄豆落地的声音。

她想起上周也在这儿，有个人扶着一个生病的人，肚子很大很大，要去医院，他们没有伞，她就把伞给了那个人。

今天在电话亭外面，贴出了新的寻人启事，香咕发现被寻找的人正是自己，那个新妈妈生了三胞胎，她高兴得不行，这之前她只以为是一对双胞胎呢。

他们叫香咕做三个小弟弟的大姐姐，香咕不由得笑了起来。

外面下着大雨，香咕匆匆赶回家，发现外婆家停电了。

马莎姨妈已经赶过来，她看看香咕，什么也没有说，摸摸她的脑袋，然后带领大家把家里所有的吃食找出来。冰箱里还有三盒罐头、五根黄瓜，还有炸的小鱼和香肠呢，大家默默地吃起了烛光晚宴。

吃完烛光晚宴，马莎姨妈让大家玩"不躲"的游戏，每个人都做怪动作，有一个人喊停的时候大家就停住，不能换动作，因为变成了木头人。

没有电，胡骄姨父没法看报纸了，胡马丽花把他拉过来，他说自己只会玩躲猫猫的游戏，是老式的。他还学起小时候的武功，左三圈、右三圈地转，还有扫堂腿，像可怕的怪人。后来，他还藏到大衣橱里去了。大家谁都不敢去找他出来，因为他很可能做一些吓人的动作。马莎姨妈不怕她丈夫，她去把他找出来，他就搂着她在厅里面跳舞，打转。

可是过了一会儿，电来了。

大家又把灯关掉，觉得还没有玩够，这样换了一种景象的生活，很有意思。

大家又玩，胡骄姨父也参加了，还问她们问题。他问的问题，她们都答不上来，而她们问的，他也答不上来，最后只好相互问，再自己答自己的问题。

差不多要去睡觉了，马莎姨妈轻轻地对香咕说："不要紧的，通过这个活动，香咕学到了本事。"

"是呀，我还要继续学本事呢，因为这只是第一轮竞选，还有第二轮呢。"

"什么？你选上了！"马莎姨妈高兴得叫起来，刚才她不让家里人提这件事情，觉得大人眼里的压力和小孩心里的压力是不同的。也许进门的时候，香咕的举止有点奇怪，所以她不敢说，怕香咕伤心。

这时候，香咕的表姐表妹都拥了上来，还有外婆和外公呢。

谢谢你和我分享故事！让我们不说再见，继续我们有趣而温馨的故事旅程吧！

图书在版编目（CIP）数据

校园里的"不好意思"先生/秦文君著.—南宁:接力出版社,2009.1
（小香咕新传）
ISBN 978-7-5448-0630-5

I.校… II.秦… III.儿童文学-长篇小说-中国-当代 IV.I287.45

中国版本图书馆CIP数据核字（2008）第201136号

总策划：白 冰 黄 俭 黄集伟 郭树坤
责任编辑：陈 邕
美术编辑：卢 强 插图：王 静 责任校对：刘会乔
责任监印：刘 签 媒介主理：常晓武

社长：黄 俭 总编辑：白 冰
出版发行 接力出版社
社址：广西南宁市园湖南路9号 邮编：530022
电话：0771-5863339（发行部） 010-65545240（发行部）
传真：0771-5863291（发行部） 010-65545210（发行部）
网址：http://www.jielibeijing.com http://www.jielibook.com
E-mail:jielipub@public.nn.gx.cn

经销：新华书店

印制：河北省三河市和达印务有限公司
开本：850毫米×1168毫米 1/32
印张：4.25 字数：80千字
版次：2009年1月第1版 印次：2009年1月第1次印刷
印数：00 001—25 000册
定价：12.00元